BUSINESS CODE
IN THE DREAM OF RED MANSIONS

商解红楼梦

揭开《红楼梦》中的商道奥秘

李光斗◎著

ZHEJIANG UNIVERSITY PRESS
浙江大学出版社

《商解红楼梦》创讲坛类电视节目收视率新高

李光斗对话李少红：一千个人眼里有一千部《红楼梦》

目录

第6章　薛宝钗升职记

第7章　理财

第8章　投资

第9章　奢华与时尚

第10章　艺术市场

第11章　继承人

第12章　情商

第13章　公关

第14章　危机管理

第15章　管理大败局

一千个人眼里有一千部《红楼梦》

正如莎士比亚所说的"一千个人眼里有一千个哈姆雷特"，《红楼梦》在一千个人眼里，亦有千番不同。新版电视连续剧《红楼梦》播出后，各种评议便如潮水般汹涌而来。导演李少红首先被推上了风口浪尖，个中滋味，恐怕也只有她本人能体会。李少红对《红楼梦》是否有了全新的认识？翻拍名著获益多还是挨骂多？宝钗和黛玉，她会选谁做儿媳妇？

在第一财经频道的《波士堂》节目中，作者作为点评嘉宾，与李少红就《红楼梦》的解读做了深入的探讨。现整理成稿，以飨读者。

李光斗：我先问个假设性的问题，假如你有一个儿子，你给他选一个媳妇，你是选黛玉还是选宝钗？

李少红：如果我有一个儿子，找什么样的人结婚是他的事，我可不会干涉。

李光斗：导演等于没回答。我为什么要问这个问题呢，因为它是试金石。我发现，凡是薛宝钗受喜爱和追捧的时代，往往功利主义比较盛行。我把这种现象总结为"薛宝钗现象"。

林黛玉和薛宝钗代表着女性美的两个极端：黛玉青春叛逆，高雅脱俗，不食人间烟火；宝钗温婉柔美，逆来顺受，满脑子仕途经济。喜欢林黛玉，还是喜欢薛宝钗，历来是对中国男人的一块试金石。林黛玉是中国文人红颜知己的理想化身，美则美矣，但有些虚无缥缈；薛宝钗的世俗美则是现实主义的化身。

新版电视剧《红楼梦》中饰演成年贾宝玉的演员杨洋在剧中和林黛玉、薛宝钗耳鬓厮磨了三年之后，当被问到是愿意选黛玉做老婆，还是愿意选宝钗做老婆时，他的回答是当然不选林黛玉。

李少红：这是一个新发现。像宝钗这样的人，从世俗层面来讲，一定是一个受欢迎程度比较高，容易被流行标准肯定的女性；黛玉呢，她本身就是一个文艺青年，非常个性，在爱情上面又那么执着，所以她一定会属于边缘人物。我觉得不管是在曹雪芹所在的社会，还是在其他任何一个社会，都一定会是这样。

李光斗：宝钗家境殷实，后台很硬，又通情达理、善于持家、情商高，确实很符合我们当代人的审美和价值取向。她"宁愿在宝马车里哭，不愿坐在自行车后面笑，立志要嫁入豪门"的价值观念，与部分当代人也是"一拍即合"。黛玉孤傲率直、青春叛逆，代表着中国文人的理想追求，是男人心目中的情人知己。人们总希望有那么一个不太功利的时代，是属于林黛玉的。

李少红：曹雪芹的《红楼梦》，真的是一部充满艺术想象力的著作，你越研究，就越发现它深邃。曹雪芹不仅是一个文学巨匠，更是一个睿智绝伦的大师。他好像对什么都精通，说起医学、古董、市井、商贸等，都信手拈来。

李光斗：《红楼梦》中有两条线，明线是讲宝黛钗的爱情故事，暗线则是讲四大家族的盛衰兴亡。对于有情人来说，比战场更残酷的是情场；对于生意人来说，比情场更残酷的是商场。从商业的角度来看《红楼梦》，透过风花雪月、儿女情长可见商场中的尔虞我诈、官商勾结的体制腐败，职场里的潜规则……曹雪芹饱读诗书，见多识广。其所著的《红楼梦》是文学经典，更是中国商界第一奇书，其中蕴藏着丰富的企业管理智慧、市场营销奥秘、投资理财之道、竞争策略、升职秘籍，堪称最经典的 MBA 教程。前八十回和后四十回最大的区别也就在这里，因为高鹗商业知识相对欠缺，后四十回就只剩下了爱情描写，浪费了曹雪芹在前八十回里埋下的很多草蛇灰线的财经伏笔，也没能真正揭示出贾府衰败的深层次原由。

李少红：鲁迅先生当年评《红楼梦》时曾说道："经学家看到《易》，道学家看到淫，才子看到缠绵，革命家看到排满，流言家看到宫闱秘事……"《红楼梦》的确博大精深。一直以来，我们都把《红楼梦》当做一本爱情圣经，这或许确实是把《红楼梦》看窄了。

李光斗：中国古典名著蕴藏着丰富的智慧，换个角度去审视研究，就会有不同的收获。从商业的角度来看，贾家其实就是一个等级森严、人员众多的超大型企业，且已创立百载之久。贾宝玉衔玉而生其实也没那么神秘、奇异，它只是政老爹精心策划的一场故事营销。而"金玉良缘"不过是薛姨妈的山寨版本。让人千古传颂的黛玉葬花，也是黛玉为了击退"小三"宝钗而玩的一个事件营销。"鲜花着锦，烈火烹油"，盛极一时的贾府，一朝"忽喇喇似大厦倾"，其衰败的速度和深度也是惊人的。现在仍有许多企业在重复着贾府的老路，而不知危险将近。

李少红："红学"里有索隐派、考证派、评论派、解梦派……看来以后要新加一个"商解派"了！我们的老祖宗确实非常有智慧，拍《红楼梦》的时候，我才发现中国两百多年以前就已经有非常精细的工艺来制造胭脂膏了。

李光斗：《红楼梦》里的化妆品工艺不知比现在要精细多少倍呢。其实中国才是世界奢侈品的发源地。《红楼梦》也蕴藏着丰富的商业机会：北京著名的品牌稻香村就源自《红楼梦》；1987版电视剧《红楼梦》热播后，红楼梦酒曾大行其道；时至今日，大观园还在为全国各地的景区经济作贡献……每个美国女孩平均有十个芭比娃娃，为什么《红楼梦》里的金陵十二钗不能开发成系列商品呢？

李少红：此次重拍《红楼梦》引来了如此巨大的关注，是我始料未及的。先不说我拍得好不好，这是仁者见仁、智者见智的问题，一千个人眼里就有一千部《红楼梦》，一千个人眼里就有一千个林黛玉。如果新版电视剧《红楼梦》的热播能够让大家重温经典，能够让更多的人因此去读《红楼梦》原著，去了解我们中华民族宝贵的文化遗产，我也就知足了。

第一章
故事营销

　　《红楼梦》的主线是宝玉、黛玉、宝钗的爱情纠葛。黛玉和宝钗代表着女性美的两个极端：黛玉青春叛逆，高雅脱俗，不食人间烟火；宝钗温婉柔美，逆来顺受，满脑子仕途经济。喜欢林黛玉还是喜欢薛宝钗，历来是对中国男人的一块试金石。林黛玉是中国文人红颜知己的理想化身，美则美矣，但有些虚无缥缈；薛宝钗则是世俗美的化身。

　　新版电视剧《红楼梦》中饰演成年贾宝玉的演员杨洋在剧中和林黛玉、薛宝钗耳鬓厮磨了三年。当他被问到是愿意选黛玉还是愿意选宝钗做老婆时，他的回答是：当然不选林黛玉。做一个调查，你就会发现，看了新版电视剧《红楼梦》之后，喜欢薛宝钗的80后远远多于喜欢林黛玉的。薛宝钗比林黛玉更受欢迎的时代，往往是一个功利的时代。在这样的时代，人们更愿意选择家境殷实、后台很硬、通情达理、善于持家的薛宝钗，而不是孤苦伶仃、敏感脆弱、月缺伤心、花落流泪的林妹妹。

他们都说我是剩女

薛宝钗

林黛玉

　　在《红楼梦》的前八十回中，宝玉和黛玉的恋人身份在大观园里是公开的秘密。在第二十五回中，王熙凤曾经公开调侃林黛玉："你既吃了我们家的茶，怎么还不给我们家做媳妇？"但为什么最终以贾母为首的决策层选择了让薛宝钗做宝玉的媳妇，而黛玉成了牺牲品？这里面有一个不为人知的秘密，那就是薛家通过故事营销，巧妙地把宝钗营销给了贾家。

　　品牌的背后往往有精彩的故事。故事越动人，品牌越流行。宝玉诞生记就是贾府的一个精彩策划。

宝玉诞生记：神秘事件背后的故事

　　贾不假，白玉为堂金作马。阿房宫，三百里，住不下金陵一个史。东海缺少白玉床，龙王来请金陵王。丰年好大雪，珍珠如土金如铁。

这个江湖上广为流传的护官符道出了贾、史、王、薛四大家族烈火烹油、鲜花着锦的繁盛气象。但富不过三代，贾府到贾宝玉这代历经四世，已经是败象初生，表面上虽还风光，内里却已经很难支撑了。贾宝玉的老爸贾政为了中兴贾府，便精心策划了宝玉诞生记。

其实，贾宝玉并不是长子，他有个哥哥叫贾珠，天生聪慧，14岁就中了秀才。不过，贾珠是棍棒底下出孝子的失败案例，他从小体弱多病，加上少不了会挨老爸贾政的板子，20岁就死了。宝玉出生的时候正是他病歪歪的时候，既然大儿子难以继承家业，贾政便把中兴贾家的重担放在了二儿子身上，他对二儿子的出生寄托了很大的希望。

"我儿子生下来时嘴里含着一块美玉。"这话搁在现代谁都不信，但在信息不发达的当时，却有无限的传播力。宝玉含玉而生就如同"文曲星下凡"，引得全民仰视，江湖上虽鲜见宝二哥的身影，却到处流传着宝二哥的传说。

就是因为这个传说，北静王甚至在秦可卿出殡的路上就迫不及待地想见宝玉。

初次见面，北静王就将宝玉仔细打量了一番，之后赞不绝口："名不虚传，果然如宝似玉"，既是夸玉又是夸人。随后，他还把随身携带的皇上赐给他的一串念珠送给了宝玉做见面礼，从此二人结为莫逆之交。

其实，宝玉向来不喜欢在父亲的社交圈里混，他也不喜欢结交官场中人，但对北静王却是一见如故，内心感叹"真好秀丽人物"。之后，宝玉常跑到北静王的府邸去玩，两人年龄相仿，感情与日俱增。北静王祖上与贾府本是世交,而他们的交好进一步巩固了贾府的上层人脉,北静王还成了贾府与朝廷沟通的重要桥梁。当北静王听说锦衣军查抄贾府时,就急忙赶来解围,并为贾政出主意,使大事化小,小事化了,贾家免遭灭顶之灾。北静王在关键时刻对贾府施以援手,这与他和宝玉的哥们交情有很大的关系。

宝玉含玉而生是贾府这个百年家族的一次完美的故事营销,给贾府这一老品牌罩上了焕发新生的炫目光环。为了扩大这件事的影响力,贾府借他人之口,云里雾里,口口相传。这不仅为这一事件做了第三方背书,还增加了故事的可信度和魅力。

在《红楼梦》第二回中,冷子兴给贾雨村讲到贾府时说:"后来又生一位公子,说来更奇,一落胎胞,嘴里便衔下一块五彩晶莹的玉来,上面还有许多字迹,就取名叫作宝玉。"

林黛玉初进贾府,还没见着贾宝玉,贾宝玉的母亲王夫人就开始给她打预防针:"我有一个孽根祸胎,是家里的混世魔王,你可千万别招惹他。"宝玉被说得如此不堪,更刺激了林黛玉的好奇心:"舅母说的,可是衔玉所生的这位哥哥?"宝玉一出现,却让黛玉眼前一亮:"好生奇怪,倒像是在哪里见过一般,何等眼熟到如此。"第一眼,林黛玉和贾宝玉两人就来电了,这叫一见钟情。

薛宝钗更不能免俗,一有机会便索要宝玉的命根子仔细端详——

"托在掌上,只见大如雀卵,灿若明霞,莹润如酥,五色花纹缠护。"

玉是代表"神圣、祥瑞"的珍宝,从秦朝开始,皇帝的印便是用玉制成的,叫玉玺。唐朝还明确规定了官员佩玉的等级制度;在明清两朝,只有位居一品的官员才能用玉腰带。

贾家出了一个衔玉而生的男孩,这事儿闹得很大。不仅本族的人知道，在上流社会中也广为流传，贾府为自己添上了神佑天助的光环。

皇帝奉天承运，受命于天，被称为"天子"。他对上天的旨意格外敬畏，但凡有谁献上祥瑞之兆，便格外关注，一经查实，不仅龙颜大悦，还可将之加官进爵，改换门庭。宝玉衔玉出生这事传到皇帝耳朵里，皇帝就在琢磨："这贾家，如今生了个儿子竟口含宝玉，真是祥瑞之兆，看来贾家确有非凡之处。"宝玉成了贾府的品牌符号，这为元春入宫做好了铺垫。

贾政策划这一出离奇的"宝玉出生记"，就像是一个企业在创办时就瞄准了上市，一开始就讲了个好故事。贾政的这一策划可谓是一举多得，不仅给宝玉戴上了一道光环，也给贾家增色不少。贾元春被选入宫，并由秀女一步步晋升到贵妃娘娘，更显示了这块玉的魔力。

贾政这"密谋于密室"的策划，恐怕只有他们夫妻俩清楚，连贾母都未必知道详情。所以在宝玉丢了玉时，贾母万分紧张，而贾政却相对冷静，因为他知道宝玉含玉而生只是他的策划而已。

就像接下来的这个案例。中国有两个乌镇，一个在浙江嘉兴，一个在陕西榆林。嘉兴的乌镇名满天下，号称江南四大古镇之一，每年接待游客300万人，旅游收入接近20亿；而陕西榆林的乌镇，历史并不比浙江的乌镇短，却很少有人知道。除了江南水乡这一优越的自然因素外，关键就是浙江的乌镇有故事，而陕西的乌镇没故事。浙江的乌镇是故事营销的生动案例。

2002年，黄磊和刘若英主演的电视剧《似水年华》大部分的场景都选在乌镇拍摄，一时间，乌镇从原本一个江南古镇的身份变成了爱情圣地，热恋中的人选择来乌镇，失恋中的人也选择来乌镇，乌镇从此成为众多青年男女心中最适合恋爱、抒情的地方。并且乌镇还是第一个请明星做代言人的江南古镇。刘若英甜美的形象为乌镇增色不少，一句"来过，便不曾离开"的广告语，更是给人以无限遐想。

新版电视剧《红楼梦》开篇元宵灯会的场景就是在乌镇拍摄的，新版《红楼梦》还没有播出，剧照已经出现在乌镇的主要景点，可见乌镇人是很善于营销的。

宝玉也遭克隆

贾老爷这招十分灵验，宝玉出生记策划大获成功。但由于这个策划太成功，马上引来了山寨版的模仿，模仿人就是薛姨妈。她克隆贾老爷的故事营销，改变了贾宝玉的婚姻对象，成就了"贾薛联姻"。

薛家是名门之后，但薛姨妈的丈夫死得早，儿子又不争气，好在女儿薛宝钗长得花容月貌，也颇有些资本。薛家这闺女"生得肌骨莹润，举止娴雅。唇不点而红，眉不画而翠，脸若银盆，眼如水杏。又品格端方，容貌丰美"。

　　宝钗的确是美人胚子一个，薛姨妈带着她进京，一开始可不是奔着贾家来的，而是来参加皇上"非诚勿扰"选秀的。可惜，薛美人在第一轮就被刷下来了，原因是当时想要入宫，首要条件就是父母双全，而宝钗家是单亲家庭，她老爸死得早，不合格。薛姨妈转念一想，坐不上皇家的劳斯莱斯，坐上富二代的宝马也行。于是，薛家母女转移阵地，目标转向了贾府，眼睛盯上了贾宝玉。

金玉良缘计，暗度陈仓

　　为了促成宝玉和宝钗的姻缘，薛家所做的第一件事就是营销宝钗。既然宝玉有玉，那么宝钗也要有相应的信物来配，以造成天作之合的假象。自古天意难为，但替天行道，皇帝都拦不住。不过，若要人不知，除非己莫为，世上没有不透风的墙，若我们仔细观察，便会发现这个"金玉良缘"的故事纰漏太多。

　　作为为数不多的知情人和重要当事人，薛宝钗在母亲制订了营销计划之后,也逐渐展开了攻势。趁着宝玉过来探望,宝钗先是主动索看宝玉的玉,看完正面看反面,口中念念有词:"莫失莫忘,仙寿恒昌。"念了两遍,明显是发出暗号。旁边的贴身丫鬟莺儿对答如流:"我听这两句话,倒像和姑娘的项圈上的两句话是一对儿。"此话一出,便勾起了宝玉的好奇心,软磨硬泡索看宝钗的金项圈,一看那金锁上面写的是:"不离不弃,芳龄永继。"这还真和玉上的话匹配。宝钗之前还故意半推半就地卖关子:"也是个人给了两句吉利话儿,所以錾上了,叫天天带着,不然沉甸甸的有什么趣儿!"宝玉反复念了几遍,莺儿又开口了:"是个癞头和尚送的,他说必须錾在金器上。"莺儿这快嘴,马上被宝钗止住了。

　　为什么说这是个策划呢,我们可以看到,故事前后出现了矛盾。在《红楼梦》第二十八回中,薛姨妈跟王夫人说的是:"金锁是和尚给的,等日后有玉的方可结为婚姻。"而这里,宝钗和莺儿两个人却露了马脚,说是和尚说的"必须錾在金器上",也就是说宝钗的金锁是后来自己打的,和宝玉所衔之玉上对仗的两句话也是后来刻上去的,这和薛姨妈所说的和尚给的金锁显然对不上。和尚给的金锁和自己打制的金锁,两者不可同日而语。

　　假作真时真亦假,真真假假的金玉良缘渐渐地在贾府传开后,本来板上钉钉的宝玉和黛玉的"木石前盟"被成功地瓦解了。

　　宝玉的含玉而生、薛家苦心经营的"金玉良缘"都可以说明,一个生动的故事可以让一个品牌迅速地流行起来。

举个现实中的例子，爱荷华州是美国的第29个州，是一个典型的农业州，以盛产玉米闻名。后来他们想发展旅游业，苦于没有资源，便打起了麦迪逊县一座桥的主意。麦迪逊是美国第四位总统詹姆斯·麦迪逊的姓，全美国为了纪念这位总统而取名麦迪逊的县有13个之多。那么，如何让这座桥脱颖而出成为旅游胜地呢？

最好的办法就是讲一个动人的爱情故事。于是爱情小说《麦迪逊县的桥》诞生了，著名作家罗伯特·沃勒受托写下了一个中年女子红杏出墙和回归家庭的爱情故事。中文版的书名被译成很有诗意的《廊桥遗梦》。《廊桥遗梦》在全球卖了四千万册，后来还被拍成了电影，从此全世界都知道了这座充满浪漫情调的廊桥，无数恋爱中的男女前往这里留下他们的爱情誓言。麦迪逊县的桥一下子成为了当地的著名景点和主要的旅游收入来源，爱荷华州也借此成功地营销了自己。

众人推波助"良缘"

在制造了一个"金玉良缘"的故事后，薛姨妈下一步考虑的是如何去推广这个故事，并且让贾府的决策层采纳。这件事单靠一个人是无法完成的，一定要合众人之力，所有能利用上的关系都在薛姨妈的考虑之内，保证计划万无一失。

王夫人和薛姨妈本身就是亲姊妹，谁不想自己家里得权得势，"金玉良缘"就明里暗里地在贾府传开了，明争暗斗也就必不可少了。薛姨妈旁敲侧击，王夫人实际操作，冷漠黛玉，笼络袭人，驱逐晴雯,对抗贾母。而且她们背后有元妃这个强大的后台支持,便私自悄悄定下了贾薛联婚这门亲事。本来是想慢慢来,不料贾宝玉再一次丢了玉。到现在,我们都觉得这玉丢得有点蹊跷。

当日,宝玉本来是准备和大家一起去赏花,更衣的时候却突然发现玉不见了。众丫头婆子寻了三日三夜没找到,整个贾府都急得团团转,又是算命,又是重金悬赏,还闹出个假的宝玉来,气煞众人。

这个时候,唯有黛玉心里暗喜:"果真金玉有缘,宝玉如何能把这玉丢了呢?或者因我之事,拆散他们的金玉,也未可知。"

看来,林妹妹真的是很傻很天真,薛姨妈哪会让煮熟的鸭子飞掉?

而宝玉呢,本来是嚷嚷着丢了算了,后来却竟痴傻起来。一开始"不言不语,没心没绪的",到后来"终日懒怠走动,说话也糊涂了",接着"一日呆似一日,也不发烧,也不疼痛,只是吃不像吃,睡不像睡",只管"嘻嘻地笑",众人都急了。想来,这通灵宝玉背后写的"一除邪祟,二疗冤疾,三知祸福"是灵验的。

贾母见此情景,看着心肝宝贝儿神志昏聩、医药无效,心急如焚,想起前几日托赖升媳妇给宝玉算命的结果:"说要娶了金命的人帮扶他,必要冲冲喜才好,不然只怕保不住"。贾政当然知道,这是子虚乌有的事儿,本来

含玉出生就是他一手策划的，并不是真有其事。"金玉良缘"他自然是不信的。可是看着老母亲老泪纵横，加上王夫人在一旁帮腔说"姨太太是早应了的"。这是薛姨妈一手策划的，她怎会不应，贾政最后也只好妥协了。

宝黛之恋人尽皆知，在古代，这种"绯闻"一旦传出就必须明媒正娶。为什么最后大家都视而不见，转而赞同宝钗恋了呢？关键就在于算命的话了。然而，"算命"这么一个重要的情节，在书中却并没有进行过多描写。贾母也没有亲自出马，而是委托一个家仆的媳妇去算的命，看来真是被"策划"了。这算命的先生，应该是薛姨妈为了撮合这"金玉良缘"提前买通的。薛姨妈的计划一步一步环环相扣，最终大获成功。

抓周失策急

凡事预则立，不预则废。故事营销也是如此。宝玉抓周就是一次失败的故事营销，没变成故事而是变成了事故。身为名门望族，贾政儿子抓周自然会昭告天下，现场直播。由于大儿子贾珠聪明过人，让贾政过于自信，想着二儿子也定是经国济世之才。贾政找对了方向，却忽略了细节，最后一招失策满盘皆输，让宝玉成为了"花花公子"的代名词。

宝玉一岁了，全家人欢聚一堂，摆了一大桌子东西，让他抓取。笔墨纸砚、金银珠宝，"便将那世上所有之物摆了无数"，想看看小寿星以后会往哪个方向发展。每个人都期待宝玉如降世之时一样，抓一个吉祥物，或升官或发财或将来中状元。谁曾想，宝玉确实不是个凡人，偏偏只抓脂粉钗环，也就是抓了一大把的女性化妆品。贾政气坏了，光天化日众目睽睽之下，老脸丢尽了，于是大怒："将来酒色之徒耳。"宝玉也不管，自顾自地玩儿起来，一岁的孩子啥事也不懂。

抓周算大事儿了，尤其是在贵族圈里，这事儿马上就传开了，贾政先前策划的宝玉衔玉而生的光环顿时黯然失色，这也为贾政不喜欢宝玉埋下了伏笔。策划要有延续性，既然前面上演了一出"衔玉出生记"，就该把握住每个关键节点，更上层楼，周密策划，巩固效果。

其实，贾政要得到好的结果并不难，如果策划得周到，想让小孩子抓什么他就能抓什么。一岁的小孩子还是处于混沌状态，什么好玩抓什么，什么离自己近就拿什么，而且通常都对色彩、声音十分敏感，亮丽的颜色和响声很容易吸引他们的注意。在抓周的时候，如果多放一些彩色字画、金元宝、水果、风铃、小鼓……进行色彩和声音的引导，少放或者不放胭脂水粉之类的女性用品，降低他选择这类物品的几率，就不会造成抓到酒色信物的窘境了。现在倒好，这事儿可不像无人亲眼目睹的"含玉而生"那么容易保密，众目睽睽之下，

抓什么就是什么,覆水难收。宝玉抓周不是个好故事,顺其自然,结果令人失望,让人大跌眼镜的同时,也让贾家颜面尽失。

人人可成故事高手

故事通常情节跌宕起伏,引人入胜,它分很多种,笑话只是其中的一种,而且常常是寓意最深刻、最以小见大的一种。

最浪漫的是第十九回中宝玉哄黛玉时讲的故事了。他先是卖个关子说,你们扬州衙门里有一件大故事,你可知道?这可把黛玉的好奇心勾起来了。紧接着宝玉笑着讲起了故事,把黛玉比做偷香芋的耗子,一个故事讲完,林妹妹笑了,两人感情更深了。

故事通常不只是故事,笑话也不只是笑话。从笑话中,能听出寓意,从笑话中也能体现出个人品牌形象。凤姐平时虽大大咧咧、快人快嘴的,但一个"聋子点炮仗"的故事,便能看出她也是个心细、圆滑、洞察力强的人,家族衰败这么忌讳的事儿,恐怕也只能当做笑话来讲讲,平时是不能拿出来说的。而宝玉逗黛玉的笑话,无疑是巩固了他多情的一面,这小两口卿卿我我、打情骂俏的,羡煞旁人。

世界上最容易的赚钱方式是什么?在家编故事,出门讲故事,见人卖故事。故事的商业价值在于,它能够通过情节演绎,更好地激发人们的情绪,与人产生情感共鸣,故事营销正是塑造品牌、传播品牌、提升品牌的有效营销手段。

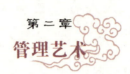

第二章
管理艺术

《红楼梦》中除了感情纠葛、恩恩怨怨，还包含着丰富的管理智慧。

任何一个组织都需要管理，人是群居动物，也是个性最强的动物，有人说管人不难，也有人说管人太难。

荣国府里上上下下几百号人，成分混杂、等级森严、开支庞大。虽然是私营企业，但国营企业里的各种弊病一样不少。

这样一个庞大的组织是如何运转的？各家有什么管理的绝招？本章我们将一起来分析《红楼梦》里的管理艺术。

管理大姐大，铁腕王熙凤

凤姐走马上任CEO

在贾府中，把管理艺术运用得最娴熟的，是"凤辣子"王熙凤。一次临危受命让王熙凤的管理才能充分展现了出来。宁国府里贾珍的儿媳妇秦可卿突然暴亡,而贾珍的夫人有病在身,内务无人掌管。这个时候,贾宝玉向贾珍推荐了自己的嫂子王熙凤,王熙凤就成为了代理总经理。

王熙凤上任后雷厉风行,出手不凡,将整个丧事期间的内务料理得井井有条,充分显示了她卓越的管理才能。

王熙凤虽然是个胭脂虎,外表漂亮、内心凶猛,但并没有一上来就乱发虎威,而是对宁国府上下做了一次调研,并进行了SWOT分析,最后得出了科学的诊断报告,就是宁国府存在五大弊病:

头一件是人口混杂,遗失东西;第二件,事无专责,临期推诿;第三件,需用过费,滥支冒领;第四件,事无大小,苦乐不均;第五件,家人豪纵,有脸者不服约束,无脸者不能上进。

真是问题一大堆啊,要是遇到没有经验和智慧的CEO,估计头都大了,弄不好就见难而退了,但王熙凤的管理才能却在这一临时性职务上发挥得淋漓尽致。

五大弊病不是一朝一夕形成的。所谓冰冻三尺,非一日之寒。要兴利除弊,必然会触动既得利益者,阻碍重重。

就职演说措词强硬

对此，王熙凤一到宁国府，就发表了措辞极其强硬的就职演说：“既托了我，我就说不得要讨你们嫌了。我可比不得你们奶奶好性儿，由着你们去。再不要说你们'这府里原是这样'的话，如今可要依着我行，错我半点儿，管不得谁是有脸的，谁是没脸的，一例现清白处治。”这一番话落地有声，凤姐要树立自己的权威，开始管理了，大家开始都小心谨慎，因为都知道王熙凤：“是个有名的烈货，脸酸心硬，一时恼了，认不得人的。”

于是大家开始比往日更加小心，每天早早地来上班，谁也不敢迟到。晚上没事也加班，星期天也不休息，都表现出了积极配合的诚恳态度。

强化监管初见成效

但凤姐能不能做到令行禁止呢？这时候大家都还在观望。

考验凤姐的时刻来了：一个高级丫鬟迟到了，理由是，自己每天都准时来的，但这一次醒得早，又睡了个回笼觉，结果迟到了。

迟到早退本来是小事，但凤姐的处理方法是“乱世用重典”，马上将该员工打了20板子，还扣了她一个月的奖金。

凤姐还撂下狠话：“明日再有误的，打四十，后日的六十，有要挨打的，只管误！”这一打，一下打出了凤姐的权威，宁国府很快就变得秩序井然了。

一开始，王熙凤就在宁国府推行了岗位责任制，按花名册点名:"按名一个个的唤进来看视",胖的瘦的高的矮的都记在心里。然后每个人分派具体工作:有负责接待的,有负责做饭的,有负责打扫卫生的,有分管灵堂内上香、添油、挂幔、守灵的,也有负责府内器物和账目的。

责任到人,按岗管理,使人浮于事的现象得到了彻底改观。

以身作则为人表率

喊破嗓子,不如做出个样子。

凤姐从不因自己得到老板贾珍的信任而放松对自己的严格要求,更不因为自己是宁国府里的CEO而享受特权。

王熙凤早晚亲自打卡,工作中不聊天,上班中不会友,以身作则,为人表率。

正如《红楼梦》中所言："凤姐不畏勤劳，天天按时刻过来"，卯正二刻就已经到宁国府上班了，卯正二刻是现在的早上6点30分，凤姐算得上夙兴夜寐了。而且"不与众姊娌合群，便有女眷来往，也不迎送"。正所谓，做领导的没朋友。

正是王熙凤的这种要求别人做到，自己首先做到；要求别人不做，自己首先不做的模范带头作用，才使得她的管理理念和措施得到了有效的落实。榜样的力量是无穷的。

以德服人驾驭人心

一个成功的管理者，首先要成功地做人。

在给贾母料理丧事时，凤姐出乎意料地遇到了"管理失灵"，钱也支不出，人也调不动，只好哀求道："大娘婶子们可怜我罢！我上头捱了好些说，为的是你们不齐截，叫人笑话。明儿你们豁出些辛苦来罢！"

凄惨！

最后，她还是落得个"眼泪直流，只觉得眼前一黑，嗓子里一甜，便喷出鲜红的血来，身子站不住，就栽倒在地"的下场。

"翻手成云，覆手为雨"的凤姐为何变得如此凄惨？

再听听凤姐走马上任前发表的那场强

硬的就职演说吧——

"如今可要依着我行，错我半点儿，管不得谁是有脸的，谁是没脸的，一例现清白处治。"

这番演讲既表达出了王熙凤的决心，同时又暴露了王熙凤"顺我者昌，逆我者亡"的专横跋扈。凤姐的铁腕改革也打破了宁国府的潜规划，触动了既得利益集团。而当改革失去了群众基础，效果就会大打折扣。

通览《红楼梦》中凤姐的一言一行，实在找不出她一句贴心的话和一件暖心的事，展现在大家眼前的都是她"凭什么事，我说要行就行"的独断专行的形象。难怪贾琏的贴身小厮兴儿说她"上头一脸笑，脚下使绊子；明是一把火，暗是一把刀"。

与其说王熙凤的威风尽失是因为没有了贾母和娘家这两座靠山，倒不如说是她媚上欺下、以权谋私、行贿受贿、盘剥众人的下场。从最初的不可一世，到最终的英雄末路，王熙凤管理的失败其实也就是她做人的失败。

由此可见，"德才兼备"才是管理人员必备素质。否则，害人害己害公司。

王熙凤是个精明的管理者，而与她齐名的另一位改革大师就是贾探春。她在改革派里学历最高，相当于现在的MBA，文凭高水平也高。

探春首创土地承包制

王熙凤是个精明的管理者，而与她齐名的另一位改革大师贾探春则彻底颠覆了古代"女子无才便是德"的观念。

《红楼梦》第五十六回讲的就是"敏探春兴利除宿弊"的故事。

毫无疑问，贾探春具有前瞻的市场经济的头脑。当企业订单减少、利润下降，企业管理者的本能反应是压缩成本，于是减薪、裁员，闹得人心惶惶。压缩成本也是贾探春实施改革的直接动因，但她在没有采取减薪和裁员这种常规手法的情况下，同样取得了十分积极的成效，也不能不说是个奇迹。

贾探春是如何实施改革的呢？她首先进行了土地改革，把大田分成小田，然后采取了包产到户的方式，把大观园分包给园中的老妈子们经营。

这样一来，一个纯消费性的大观园，就被改造成了生产性的瓜果蔬菜种植园，捉襟见肘的贾府由此找到了一个新的经济增长点。

这场承包带来的直接经济收益就是贾府账房一年少支出了400多两银子。

另外，这还带来了很多好处：一是园子的花花草草再没有人乱踩了，开得一年比一年艳；二是老妈妈们也不再天天发牢骚，对企业的忠诚度也提高了；三是不用请什么家政服务公司花冤枉钱了，而且省下来的钱可以发点奖金。

情报高手当属探春

通过以上解读，我们对探春和凤姐的管理风格有了直观的认识。有人会问：为什么这个史无前例的改革重任只能由探春来完成，而作为管理大姐大的凤姐却想不到，更做不到？

首先，文化差异——王熙凤与贾探春相比，缺少的是文化。王家好像不太重视女孩子读书，你看王夫人、薛姨妈、王熙凤文化水平都不高。而探春从小就被贾母送到私塾里和兄弟们一起识文断字。如果说贾宝玉是男孩当女孩养，探春则是女孩当男孩养。所以培养出的探春有文化，会思考，善于接受新鲜事物。

其次，目的不同——凤姐管理为私，探春改革为公。凤姐感兴趣的只有钱与权，所以她的思想触角是不可能感知到正在萌芽的新生事物的。

最后，性格迥异——贾府为第三代奴才赖尚荣捐了个七品县令，邀请东家来庆贺，请到凤姐时她居然这样回复：有空我就来，来是空手的，来是带嘴的。

自然，这场喜酒探春也来了，可是她一不占便宜，二不摆谱。一个堂堂大小姐，与赖家的小丫头们嘻嘻哈哈地打成一片。在看似平淡的聊家常中，她捕捉住了一个敏锐的重要信息——赖大家的把自家花园承包给了专业户经营，一年得了200两银子。

敏探春不愧为敏探春，她一下想到，自己家的园子比赖大家的大得多，如果也能包产到户，那人工费、管理费、水费、点灯熬油费(算电费吧)就可全省下来了，只用坐收租金就是一笔不小的收入啊，既开源又节流，那财政收入可就大了。

于是嗅觉灵敏、性格机智、行动果断的探春，利用她当政的机会，顺势推出了这个翻天覆地的改革。

善于聆听，让探春获得情报和灵感，改革的创举由此发端。由此可见，在现代管理艺术当中，沟通和聆听是一门重要学问。

改革触及母亲地盘

《红楼梦》中夸探春"才自精明志自高"，认为她是大观园中敢作敢当、有谋有略的女中丈夫，有政治家的风范。

而为执行法度，政治家有时候会六亲不认，探春也不例外。

书中第五十五回"辱亲女愚妾争闲气"，写了赵姨娘、探春母女之间矛盾白热化的故事。当时探春她们正在喝茶聊天，忽然吴新登的媳妇跑来，慌慌张张地告诉她说，你的舅舅赵国基昨日死了，来领丧葬费。

探春先征询了一下李纨的意见。厚道的李纨说："前日袭人的妈死了，听见说要赏银四十两。这也赏他四十两罢了。"

探春的亲舅舅死了，按照袭人的例子给个40两银子，这别人也说不出什么来。但偏偏探春"大公无私"加"大义灭亲"，说领40两太多了，因为家里的死了人赏多少跟外头的死了人赏多少，是不一样的。

探春让吴家的取出存档的资料，一一翻看：家里给的都是20

两,外头的有给过40两、100两和60两的。给60两的是因某某要跨省把父母的灵柩迁过来,要花路费和人力成本;给40两的是因为要买一块坟地,所以多给了20两。而探春的亲舅舅死了,一不用买坟地,二不用迁灵柩,自然就无特殊情况,探春于是说:"给他二十两银子。"

这种事情原来弹性是很大的。赏20两是最低的,高的赏一百两都有。当然那些多给的是有"缘故"的,但只要有心多给,何况探春手握行政和财政大权,没有"缘故"创造"缘故"也可以嘛。然而探春却要按最低标准给赵姨娘发放这笔钱。

于是很自然就出现了下面这一幕——

赵姨娘打上门来了,一把鼻涕一把眼泪地说,你们都欺负我,把我头都踩到脚下了。探春忙问谁欺负了她,赵姨娘说,就是我的

亲闺女你拿我不当人,我熬到这么一大把年纪,含辛茹苦把你们拉扯大,现在竟连袭人都不如了。你探春是我闺女,打我的脸就是打你自己的脸!

平心而论,赵姨娘说的不无道理。按照现在单位上的考评标准,赵姨娘的"工龄"也要比袭人长多了。用赵姨娘的话说就是"熬油似的熬了这么大年纪",最后得到的银子不但不比袭人多,反比袭人少一半,赵姨娘心中自然要愤愤不平。

探春是怎么回答的呢?她说母亲啊,我是按规章办事,给多少是有标准可寻的,我现在是"代理CEO",不能带头破坏规定啊,您得支持我啊。探春又说:"我但凡是个男人,可以出得去,我必早走了,立一番事业,那时自有一番道理。偏我是女孩儿家,一句多话也没有我乱说的。太太满心里都知道。如今因看重我,才叫我照管家务,还没有做一件好事,姨娘倒先来作践我。倘或太太知道了,怕我为难不叫我管,那才正经没脸呢,姨娘真也没脸了!"

说着说着,两串晶莹的泪珠就掉到地上。

赵姨娘正在气头上,才不相信眼泪呢,当下就把话顶回去了:"……你不当家我也不来问你。你如今现说一是一,说二是二。如今你舅舅死了,你多给了二三十两银子,难道太太就不依你?分明太太是好太太,都是你们尖酸刻薄,可惜太太有恩无处使。姑娘放心,这也使不着你的银子。明儿等出了阁,我还想你额外照看赵家呢。如今没有羽毛,就忘了根本,只拣高枝儿飞去了!"

后来平儿来了,传达了凤姐的意思,说虽然照旧例是20两,但再添些也可以,但探春却坚决维持"公道",一分钱也没加,赵姨娘最终一两也没多领到。

探春虽然得罪了自己的母亲,但也树立了自己的权威。

王熙凤、贾探春的改革是建立在物质的基础上的,而薛宝钗则建议应该在物质的基础上推进上层建筑,她认为只有建立正确的价值观,才能让改革稳步推进,达到物质文明与精神文明双丰收的局面。下面,让我们来见识一下这位具有超前眼光的改革家薛宝钗。

薛宝钗的管理艺术

宝钗演讲以柔克刚

薛宝钗的管理高明之处体现在哪里呢?

先听听她和王熙凤风格完全不同的就职演说吧——

"我也不该管这事。你们也知道,我姨娘亲口嘱托我三五回,说大奶奶如今又不得闲儿,别的姑娘又小,托我照看照看。我若不管,分明是叫姨娘操心。你们奶奶又多病多痛,家务也忙。我原是个闲人,便是街坊邻居,也要帮着些,何况是亲姨娘托我?讲不起众人嫌我。倘或我只顾了小分沽名钓誉的,那时酒醉赌博再生出事来,我怎么见姨娘?"

事实证明,薛宝钗的这套柔性管理还真的具有很强的感化作用,手下的员工口服心服,连责任心也空前加强了。

利益均衡构建和谐

与王熙凤、贾探春相比,薛宝钗实际上并没有什么管理实权,但我们完全可以说,薛宝钗的管理思想是最先进的,她采用了"人治"而不是"治人"的新模式。她提出的利益均衡的价值管理体系，为贾府创造了和睦的人际关系，构建了大观园里的和谐社会。

　　宝钗对探春的经济改革予以了充分的支持，还及时发现问题和解决问题。比如在土地承包过程中，她清醒地意识到，能够直接承包并得到好处的毕竟是少数人，而其余大多数人心里仍是不服的。如果改革不考虑大多数人的利益，只是一味地让一部分人先富起来，那么承包就可能因得不到大多数人的支持而遇到挫折，贫富分化过大会造成严重的族群对立。

　　因此，薛宝钗提出了非常正确的建议：承包者年终时要拿出些钱来分给也在园中辛苦工作的老妈妈们，让低收入者收入增加，让她们也能分享改革的成果，这样才能皆大欢喜。

　　薛宝钗提出的这些物质层面的改革主张理所当然地受到了

承包者和众人的普遍欢迎。正是有了薛宝钗的柔性辅佐,贾探春的这次承包改革才获得了空前而巨大的成功。

这正如曹雪芹的感叹:金紫万千谁治国,裙钗一二可齐家。

价值观比价值重要

探春的改革带来了经济利益,宝钗的建议带来了社会效益。

探春走向了物质主义的极端:"登利禄之场,处运筹之界;穷尧舜之辞,背孔孟之道。"

很显然,只注重物质利益的改革会获得短期效益,但也会导致道德滑坡,最后让改革成果受损。

为此,薛宝钗尖锐地批评探春"利欲熏心",并指出,改革可能"流入市俗去了"。这意思是说,我给你讲的不只是表面的学问,还有管理的深层次问题,要坚持正确的价值观,才能既有经济价值又有社会价值。

毫不夸张地说,薛宝钗的这一思想是非常深刻的,不再是单纯地追求商业利益,而是有了理性的超越。

薛宝钗的这一思想让我们明白了一个道理:价值观比价值更重要。如果事事利字当头,必然不会有健康的企业文化,最终整个企业将变成一盘散沙。

薛宝钗着手的第一件事情就是加强治安管理,她每天晚上差人巡逻,那时也没有警车,巡逻基本上靠走,治安基本上靠狗。

薛宝钗规定的两条红线任谁也不能碰的:一是不能酗酒闹事;二是不能聚众赌博——查到了除了没收赌资,还得立即解除劳动合同,赶出大观园。这些措施的配套和落实,为改革营造了一个良好的环境。

宝钗的柔性管理，集中体现了中国传统管理的精华和儒家文化的思想。动之以情，晓之以理，以义导利。

一百多年后，创立日本现代企业制度——株式会社，被誉为"日本实业之父"的涩泽荣一，也提出了和薛宝钗一样的"义利结合"的商业思想。涩泽荣一在考察了工业革命后的西欧，参加完巴黎的万国博览会后，把目光转向了中国传统文化，从儒家见利思义的思想中找到了日本工业化的精神伦理基础。他的著作《论语和算盘》主张既讲算盘的"利"，也讲《论语》的"义"。这本书重塑了日本的商业价值观。当时《红楼梦》已经传到日本几十年了，薛宝钗的管理思想一定给了涩泽荣一很大的启发。

《红楼梦》包罗万象，贾府通过实行岗位责任制、绩效考核制，形成了一整套管理模式。

然而，贾府派系之间长期争斗，家族政治凌驾于制度之上，管理者贪婪奢侈，这些因素成为贾府衰败的主要原因。

王熙凤的铁腕、贾探春的改革、薛宝钗的物质和文明两手抓的管理方式，都无法挽大厦于将倾。

第三章

企业文化

　　从表面上看,贾府乃钟鸣鼎食之家,诗礼簪缨之族,员工待遇也很高,甚至完全有资格参加现在的"最佳雇主"、"最佳工作场所"评选。但是,为什么贾府的员工却一个比一个抑郁,总感到"一年三百六十日,风刀霜剑严相逼"?

　　为什么贾府的基层员工悲观弃世,连续12跳?

　　为什么贾府的高层领导个个只顾自己享乐,死后哪管洪水滔天?

　　为什么贾母是真正的贵族,浮华与奢靡深入骨髓,对贾府的衰败难辞其咎?

　　为什么贾政空想误国,执行力欠奉,最终成了只知叹息的鸵鸟?

　　为什么有才无德的王熙凤推行的改革卓有成效,反而加速了家族的败亡?

　　为什么贾家作为"赫赫扬扬,将近百载"的望族,短短六七年内就由盛而衰?

　　一个组织的没落,首先是文化的没落。生于末世运偏消,《红

楼梦》是一部时代悲剧、命运悲歌。它展现的是一幅末世景象，其中的企业文化也就呈现出末世文化的景象。

《红楼梦》中的12跳

据统计，《红楼梦》有姓名称谓的有732人。可悲的是，《红楼梦》却是一部看破红尘的"弃世史"。

《红楼梦》中的12跳与10出家

贾府虽有皇家园林般的美丽风光，工资待遇也不低，但荣宁二府从上到下却充满着悲观厌世的情绪。《红楼梦》中的弃世有自杀与出家两种方式。自杀的有张金哥、守备公子、秦可卿、瑞珠、鲍二媳妇、金钏儿、尤三姐、尤二姐、司棋、潘又安、鸳鸯、石呆子，一共12人。而另一种放弃世俗生活的方式是出家，一共有10个人：贾敬、贾宝玉、甄士隐、柳湘莲、妙玉、惜春、紫鹃、芳官、藕官、蕊官。《红楼梦》中自杀和出家的加起来22人。弃世而去的占《红楼梦》人数的比例高达3%。要知道，自杀率最高的韩国也只有0.0215%。

高工资为什么换不来员工满意度

其实，以贾府为代表的大型企业待遇在当时是相当不错的，高级丫鬟一个月的工资是一两银子，还包吃包住。

在第三十九回《村老妪谎谈承色笑 情痴子实意觅踪迹》中，刘姥姥二进大观园，看到贾府一顿螃蟹宴，不免心中算计——

"这样螃蟹，今年就值五分一斤。十斤五钱，五五二两五，三五一十五，再搭上酒菜，一共倒有二十多两银子。阿弥陀佛！这一顿的银子够我们庄家人过一年的了。"

贾府吃顿螃蟹宴的钱，就够刘姥姥一家过一年了。而贾府的丫鬟月薪一两银子，两个丫鬟当时就能养活普通老百姓一大家子。这也难怪即使经历12跳，贾府也不愁招不到工，可见贾府的高薪还是颇具吸引力的。

大观园环境优美，文化生活丰富，可以时常跟着部门领导们吟诗作画开party。然而，如此优雅的工作环境，如此优厚的薪水，却换不来员工真正的快乐，这是因为贾府的企业文化存在先天的缺陷。

等级森严的企业文化缺少人文关怀

作为一家大企业，起初，贾府的工作环境、工作待遇、品牌形象都非常不错。连一僧一道对着青埂峰下的贾宝玉前身顽石描述的贾府都是"携你到那昌明隆盛之邦，诗礼簪缨之族，花柳繁华之地，温柔富贵乡，去安身乐业"。

实质上，作为家族式企业，贾府的企业文化有着先天的缺陷：压制员工的个性，漠视员工的情感诉求，家长式管理，等级森严，就连丫头都有大小之分——一等为通房丫鬟，是同女主人一同嫁到男方家的陪嫁的婢女，像平儿就是凤姐嫁到贾府时作为陪嫁一起带来的；二等丫鬟则伺候主子"贴身掌管钗钏盥沐"，如晴雯、紫鹃；小丫鬟则是做些"洒扫房屋来往使役"等粗活儿，像坠儿、入画。

在这个等级森严的企业里，主子是丫鬟的老板，可以张口就骂，抬手就打。比如金钏儿是王夫人的贴身大丫头，但只是因为宝玉的几句玩笑话，就被王夫人扇了一记耳光后开除，含羞受辱最后投井自杀。

在这种等级制度的熏陶下，同一阶层的丫鬟之间也是上下级关系明确。第五十二回中，当晴雯得知小丫鬟坠儿偷了平儿的手镯，便以一个领班的身份义愤痛骂——

晴雯便冷不防欠身一把将他的手抓住，向枕边取了一丈青，向他手上乱戳，口内骂道："要这爪子做什么？拈不得针，拿不动线，只会偷嘴吃。眼皮子又浅，爪子又轻，打嘴现世的，不如戳烂了！"坠儿疼的乱哭乱喊。

当老板与员工、上级与下级，形成了等级森严、麻木无情、缺乏人情味的管理氛围，君视臣为草芥，臣视君为寇仇，则属必然。升职加薪有前途，是每一个员工的梦想。但在贾府这样的企业中，挣得虽然不少，干得却不痛快。出人头地唯一的出路，就是卖身做小，当姨娘。

和谐的现代企业文化应以人为本

在这种风刀霜剑严相逼的环境中，压抑、难受、前景黯淡，成为贾府工作氛围的真实写照。而现在的一些大型企业，某种程度上也像是另一个贾府。员工动辄上万，部门员工近百。加上一个类似贾府的大门不出、二门不进，相对封闭冷漠的生活工作环境，员工也看不到成长的希望。一个普通的员工进入企业，从学徒做起，面对多达十几个的层级，上面有线长、组长、副课长、课长、专理、副理、经理、资深经理、协理、资深协理、副总经理、资深副总经理、

总经理、资深总经理等各个等级。一个普通员工要三四年才可能提升为线长，而要提升至课长，可能需要十年甚至更长。

上司有了绝对的权威，就会漠视员工的尊严和个性，颐指气使，只强调管理、压制、服从的"企业精神"。而所谓的制度就是执行命令守则、罚款细则。在这样的企业氛围下，员工多是"漂泊亦如人命薄"的负面心态也就不足为怪了。

管理等级太森严，必然会助长简单粗暴的管理方式。如果现代企业只知道订立制度，只管不理，就难以营造出和谐的氛围，而员工对企业的价值认同感也会消弭于无形，主动性、积极性与创造性更无从谈起。

奢靡浪费的老板，大企业病积重难返

《红楼梦》是一部"社会百科全书"，它涵盖了官场权谋、礼仪祭祀、诗词歌赋、琴棋书画、医疗保健、饮食烹饪、园林建筑、服饰装饰、典礼收藏、社会风俗等诸多因素。人多事繁的贾府"大有大的艰难去处"，极易罹患"大企业病"，加之《红楼梦》中的几个大老板在修身立业方面都是小聪明、大糊涂，更造成了整个组织体系价值观的扭曲，造成了贾府的大企业病积重难返。

贾母、贾政、王夫人、王熙凤等实权人物把持着贾府的大权，组成了贾府的董事会。从现代管理的角度来看，贾母是董事长，贾政是副董事长，王夫人是总经理，王熙凤是CEO。

象牙筷子：败家的凶器

贾府最大的弊端就是奢靡浪费、坐吃山空。《红楼梦》的核心线索是金陵四大家族之首的贾家衰败史。在第二回"贾夫人仙逝扬州城 冷子兴演说荣国府"中，曹雪芹就借冷子兴之口描述了贾府的衰败之象——

如今生齿日繁，事务日盛，主仆上下，安富尊荣者尽多，运筹谋画者无一；其日用排场费用，又不能将就省俭，如今外面架子虽未甚倒，内囊却也尽上来了。这还是小事。更有一件大事：谁知这样钟鸣鼎食之家，翰墨诗书之族，如今的儿孙，竟一代不如一代了！

说到败家，我们不得不谈到贾府的败家之器，那双"象牙筷子"。

由俭入奢易，由奢入俭难。古人早就对此有清醒的认识。

"纣为象箸"说的就是商纣王叫人给他做了双象牙筷子。纣王的叔父箕子看到这双筷子以后恐惧不安，力劝纣王弃之。纣王不以为然，许多大臣也觉得此类小事，箕子是过虑了。箕子忧愁地说："大王一旦用上象牙筷子，就一定不会再用土制的餐具了，只能以犀角做杯子，以玉石做碗。象牙筷子、犀牛角杯子、玉石碗如果配套成餐具，就会觉得粗食豆汤难以下咽，而要吃牦牛、大象和豹子胎；有了牦牛、大象和豹子胎，一定不会穿粗布短衣，在茅屋下用餐，而要穿着绫罗绸缎住豪华宫殿开宴会。于是，他必定要大兴土木，建造规模宏大的新宫殿，只有这样才能配得起象牙筷子，这叫搭配。我心惊胆寒的是一双象牙筷子引起的可怕结果，所以就怕开这个头呀。"

果不其然，纣王随后建鹿台，造酒池，悬肉为林，杀比干，囚箕子，在他的穷奢极欲中，商朝很快就灭亡了。

同样，贾府也有象牙筷子这样的不祥之物，却是不以为耻，反以为荣。第四十回《史太君两宴大观园 金鸳鸯三宣牙牌令》中，贾母的贴身丫鬟鸳鸯为捉弄刘姥姥，就单拿了一双老年四楞象牙镶金的筷子给刘姥姥。刘姥姥见了，说道："这叉爬子比俺那里铁锹还沉，那里犟得过他。"当刘姥姥使不动沉甸甸的象牙镶金筷子，夹不住凤姐吹嘘的"一两银子一个的鸽子蛋"时，贾母让换上一副普通筷子，却也是乌木镶银的。同荣国府一样，除了象牙筷子，宁国府仅在饮食器皿上的奢侈就远胜纣王。当锦衣军查抄宁国府时，仅锅碗瓢盆就抄出了"淡金盘四件，金碗六对，金抢碗八个，金匙四十把，银大碗银盘各六十个，三镶金象牙筋四把，镀金执壶十二把，折盂三对，茶托二件，银碟银杯一百六十件"。

省下才能挣下

奢侈无度、坐吃山空已经成了贾府多年的积弊。为迎元妃不到一天的省亲,贾母与贾政大搞面子工程、政绩工作。大兴土木,拆了一条街,建成了"面面琳宫合抱,迢迢复道萦纡"的大观园。而只能回家两三个时辰的元妃在园内转了一圈,只见院内各色花灯烂灼,皆系纱绫扎成,精致非常。园中香烟缭绕,花彩缤纷,处处灯光相映,时时细乐声喧,说不尽这太平气象,富贵风流。最后,连这个皇家贵妃看后都默默叹息奢华过度了,以贾府朝中靠山、名誉主席的身份劝谕"以后不可太奢,此皆过分之极"。

贾府中,贾母最重视企业文化建设,为了搞出歌舞升平的太平景象,就买了芳官等优伶来;大观园内需要办佛事,就买些尼姑。然而贾府建设的却是败家的企业文化。贾母是《红楼梦》中真正的贵族,讲究福寿双全、尊荣精致,而且一定要享尽人间的荣华富贵。她活了83岁,见多识广,不会不知道想要把企业做成一家百年老店,戒骄戒躁、勤俭节约、精打细算才是正道。可自小富养的她是"极爱寻快乐的",作为一个真正奢侈到骨子里的富二代,从贵小姐到贵夫人,浮华与奢靡已深入她的骨髓。

贾母地位尊崇,德高望重,如果带头开源节流,节俭持家,至少可以刹住贾府上下"那日用排场,又不能将就省俭"的风气。然而她却舍不得丢掉自己的象牙筷子,带头公款吃喝,是贾府中最讲究排场、讲究奢华的领导。她的八十寿辰,从七月二十八直到八月初五,在荣、宁两府大开筵宴,整整过了8天。而花费之巨,正如贾链向鸳鸯所抱怨的"这两日因老太太的千秋,所有的几千两银子都使完了"。

贾母舍不掉奢华做派，上行下效，大家更不会有集体意识，历行节俭来度过危机，反而都抱着一种末世情结，只知道公款吃喝，今朝有酒今朝醉，这必然会加速贾府的衰败。

空想误国，执行力欠奉的贾政

承袭贾家世代功名的贾政，官至工部员外郎，代表着贾家的权势与威望，也是贾家名义上当家理政的管理者。《红楼梦》中对他的介绍是"自幼酷喜读书，祖父最疼。原欲以科甲出身，不料代善临终时遗本一上，皇上因恤先臣，即时令长子袭官外，问还有几子，立刻引见，遂额外赐了这政老爷一个主事之衔，令其入部习学，如今现已升了员外郎了"。可见，贾政也算直入仕途的官二代，贾政虽非凭自己的本事考取功名，但在维护贾府的外部发展环境上却颇具公关才能。"且这贾政是喜读书人，礼贤下士，济弱扶危，大有祖风……"同时贾政又颇具忧患意识，《红楼梦》第二十二回《听曲文宝玉悟禅机　制灯谜贾政悲谶语》中描述了贾府欢庆元宵节的喜庆气氛，曹雪芹在文中设下了重重伏笔，可谓众人无心之谜，作者有心之谜——

"能使妖魔胆尽摧，身如束帛气如雷。一声震得人方恐，回首相看已化灰。——打一顽物。"贾政道："这是爆竹吗？"宝玉答道："是。"贾政又看迎春的道："天运人功理不穷，有功无运也难逢。因何镇日纷纷乱，只为阴阳数不通。——打一用物。"

贾政道："是算盘。"迎春笑道："是。"又往下看是探春的道："阶下儿童仰面时，清明妆点最堪宜。游丝一断浑无力，莫向东风怨别离。——打一顽物。"

　　贾政道："好像是风筝。"探春笑道："是。"贾政再往下看是黛玉的，道："朝罢谁携两袖烟？琴边衾里两无缘。晓筹不用鸡人报，五夜无烦侍女添。焦首朝朝还暮暮，煎心日日复年年。光阴荏苒须当惜，风雨阴晴任变迁。——打一用物。"

　　贾政道："这个莫非是更香？"宝玉代言道："是。"贾政又看道："南面而坐，北面而朝。象忧亦忧，象喜亦喜。——打一用物。"

　　贾政道："好！好！如猜镜子，妙极。"宝玉笑回道："是。"贾政道："这个却无名字，是谁做的？"贾母道："这个大约是宝玉做的。"贾政就不言语，往下再看宝钗的，道是："有眼无珠腹内空，荷花出水喜相逢。梧桐叶落分离别，恩爱夫妻不到冬。——打一用物。"

　　贾政看完，心内自忖道："此物还倒有限。只是小小年纪就作此等言语，更觉不祥，皆非永远福寿之辈。"想到此处，愈觉烦闷，大有悲戚之状，只垂头沉思。

　　贾母见贾政如此光景，想到他身体劳乏，又恐拘束了他众姊妹不得高兴玩耍，便对贾政道："你竟不必猜了，安歇着去罢。让我们再坐一会子，也就散了。"贾政一闻此言，连忙答应几个"是"字，又勉强劝了贾母一回酒，方才退出去了。回至房中只是思索，翻来复去，甚觉凄惋。

　　算盘打动乱如麻，风筝乃飘飘浮荡之物，爆竹暗喻荣华富贵昙花一现……所有的谜语都流露出悲观的气象。欢庆之日，却句句凄凉，句句不祥。书中借贾政之感预示贾家忽喇喇大厦将倾，树倒猢狲散的败落悲剧已不远了，贾政的忧患意识也跃然纸上。

在一场连着一场的欢宴、一次接着一次的聚会、一轮赶着一轮的狂欢中，贾政预感到了危机。但他除了时常微微叹息，背着手踱来踱去，并无实际行动。加之他不惯于俗务，不能亲力亲为，想起家务就一时不能安心，遂懒政当头，自暴自弃，借着与相公清客闲谈来麻痹自己。

IBM的前任CEO郭士纳说过这样的话："你的下属绝对不会做你希望做的事，他们只会做你要求和监督检查的事。"

像贾政这样的总经理都如此自暴自弃，像鸵鸟一样逃避内在的危机，其下属员工自然会如温水中的青蛙般得过且过，当一天和尚撞一天钟。

谋私利的执政官王熙凤

贾府在当时无疑是一个超大型企业，等级森严，人员众多，在第六回描写刘姥姥初进荣国府时，曹雪芹即明确地指出——

"按荣府一宅中合算起来，人口虽不多，从上至下也有三四百个，虽事不多，一天也有一二十件，竟如乱麻一般，并无个头绪可作纲领。"

有才无德，破格重用的失败文化

对同样高速发展的中国企业来说，最大的挑战不是市场规模、成长速度与技术创新本身，而是是否具备管理变革与管理成长的能力再造。

在企业规模不大时，一些微小的错误一般不会造成恶性后果，殃及企业生存与发展。但是随着企业的日益扩张和高速发展，企业产量和市场占有率的迅速增长，必然会带来企业的规模、人员、产品线与客户群的急剧扩大，出现管理日趋复杂化的局面。这时候，小错误会积累成大错误，一招不慎满盘皆输。

这就如同贾府，千里之堤，溃于蚁穴。忽视小的错误，可能造成大的危机。

王熙凤刚一出山，执掌管理大权，就洞察到宁国府、荣国府的大企业病积弊，因为他们在人财物的管理、企业文化建设方面毫无成就。

要能力有能力，要魄力有魄力的凤姐，勇于改革，靠着灵活的手腕，很快就取得改革成果。事有人办，物有人管；职责分明，各司其职；成本降低，效益提高。

精明强干的王熙凤本可成为贾家的中兴之臣，然而宁荣二府却没有严格的人才考核制度，没有用对人，这活该贾家倒霉。王熙凤有才却无德，自私自利，狡诈狠毒，更宣称："我从来不信什么阴司地狱报应的，凭什么事，我说行就行！"不怕人才太能干，就怕人才做事没底线。最后，凤姐对贾府的破坏远远大于她的贡献。

王熙凤权力寻租算死草，也算死了自己

一个组织，一个企业，如果只问目的不问手段，片面地追求能人治理、威权管理，又没有完善的监督制约机制，就会给有才无德的人提供"寻租"的温床。王熙凤才比天高，德比纸薄。权力的机会、个性的贪欲和末世的氛围纠结在一起，必然让她雁过拔毛，利用权力寻租寻求最大化的自身利益，连草都能算死。第二十四回《醉金刚轻财尚义侠　痴女儿遗帕惹相思》中，凤姐把大观园中的

一草一木都用来权力寻租的做法被刻画得淋漓尽致。

虽然也姓贾，贾芸却只是"后廊上住的五

嫂子的儿子"，穷极了的贾芸自然瞄上了大企业荣国府。毕竟荣国府家大业大，生意机会更多。贾芸看上了大观园栽花修木的环境绿化生意，却想当然地以为贾琏是企业管事的，拜错了码头。贾琏当家不作主，只能告诉他，去找自己的老婆执行总裁王熙凤，同时明确地告诉他没礼没钱别开口。聪明的贾芸借钱买了"细贵的货"冰片、麝香来送凤姐，最终揽下了在大观园里种树栽花儿的业务。而贾芸与凤姐的一番对话生动地刻画出权钱交易的张狂与阿谀。

凤姐往那边去请安，才上了车，见贾芸来，便命人叫住，隔着窗子笑道："芸儿，你竟有胆子在我的跟前弄鬼。怪道你送东西给我，原来你有事求我。昨儿你叔叔才告诉我说你求他。"贾芸笑道："求叔叔这事，婶娘休提，我这里正后悔呢。早知这样，我一起头儿就求婶娘，这会子也早完了，谁承望叔叔竟不能的。"凤姐笑道："哦，你那里没成儿，昨儿又来寻我。"贾芸道："婶娘辜负了我的孝心，我并没有这个意思。若有这个意思，昨儿还不求婶娘吗？如今婶娘既知道了，我倒要把叔叔丢下，少不得求婶娘好歹疼我一点儿。"

凤姐冷笑道："你们要拣远路儿走呢。早告诉我一声儿，有多大点子事，还值得耽误到这会子。那园子里还要种树种花，我正想不出一个人来，你早来不早完了？"贾芸笑道："既这样，婶娘明儿就派我罢。"凤姐半晌道："这个我看着不大好。等明年正月里烟火灯烛那个大宗儿下来，再派你罢。"贾芸道："好婶娘，先把这个派了我，果然这个办的好，再派我那个罢。"凤姐笑道："你倒会拉长线儿。罢了，要不是你叔叔说，我不管你的事。我也不过吃了饭就过来，你到午错的时候来领银子，后儿就进去种花。"说毕，令人驾起香车，一径去了。"

其实用不着磕头捣蒜，贾琏与凤姐早在打情骂俏中就已经盘算好了。聪明的凤姐早就把大观园的一草一木变成了权力的寻租品，没早点给贾芸，只是拍卖的比价还未确定。

贾琏笑道："西廊下五嫂子的儿子芸儿已经来求了我两三遭，要件事情管管。我应了，叫他等着。好容易出来这件事，你又夺了去。"凤姐儿笑道："你放心。园子东北角子上，娘娘说了，还叫多多地种松柏树，楼底下还叫种些花草。等这件事出来，我管保叫芸儿管这工程就是了。"

贾芸付出了成本，自然要把大观园的草木榨干。贾府败落后，贾芸还设计要把贾巧姐卖掉换钱。精明的凤姐能"算死草"，将一草一木都作为权力的本钱，却没有算到，杀头的生意有人做，亏本的买卖却没人干，最后差点连本带利地把吃贾芸的都吐出来。

吃完下面吃上面，贾芸这样的小虾米王熙凤当然要吃，比自己厉害的大鱼也不放过。当预感到贾家的衰败可能快要到来之时，王熙凤更是疯狂敛财，弄权舞弊，克扣工资，收受贿赂，放高利贷，只要能填满自己的腰包，无所不用其极，而且不放过任何一个机会，肆意妄为地连自己的顶头上司亲姑姑王夫人也不放过。

第三十六回《绣鸳鸯梦兆绛芸轩 识分定情悟梨香院》中，凤姐自见金钏死后，忽见几家仆人常来孝敬她些东西，又不时地来请安奉承，自己倒生了疑惑，不知何意。亏得助理平儿提醒，这些人都看上了这个"肥缺"。

凤姐听了，笑道："是了，是了，倒是你提醒了。我看这些人也太不知足。钱也赚够了，苦事情又摊不着他们，弄个丫头搪塞着身子也就罢了，又还想这个巧宗儿。也罢了，他们几家的钱也不是容易花到我跟前的，这可是他们自寻，送什么来，我就收什么，横竖我有主意。"凤姐儿安下这个心，所以自管迁延着，等那些人把东西送足了，然后乘空方回王夫人。"

寻租卖官,以权谋私,改革为私,管理为己。可以说,凤姐的改革越深入,贾府的败落就越快。

不过贾家败落的原因根本上在于体制,不只是王熙凤一个人腐败,而是上上下下都腐败。贾府虽说表面还风光,但是内里已经倒下来,不过金玉其表、败絮其中罢了。

仁心仁术的宝哥哥却误人前程

怡红院的和谐文化

贾宝玉是怡红院的最高领导,视封建礼法与等级制度为粪土,对于员工,尤其是在封建社会中处于底层的女性员工有一种发自内心的同情体贴之心。在怡红院中,贾宝玉实行的是柔性管理,待小厮丫鬟如兄弟姐妹,坦诚相见,与员工打成一片。员工可以自由地表现自己的喜怒哀乐,可以自由支配工作时间,可以直呼老板的名字,当面批评。贾宝玉对下属的同情体贴体现在许多细节中,如第三十五回《白玉钏亲尝莲叶羹 黄金莺巧结梅花络》中描写道——

那玉钏见生人来,也不和宝玉厮闹了,手里端着汤只顾听话。宝玉又只顾和婆子说话,一面吃饭,一面伸手去要汤。两个人的眼睛都看着人,不想伸猛了手,便将碗撞翻,将汤泼在了宝玉手上。玉钏儿倒不曾烫着,唬了一跳,忙笑了,"这是怎么了?"慌的丫头们忙上来接碗。宝玉自己烫了手倒不觉的,却只管问玉钏儿:"烫了那里了?疼不疼?"玉钏儿和众人都笑了。玉钏儿道:"你自己烫了，只管问我。"宝玉听说，方觉自己烫了。众人上来连忙收拾，宝玉也不吃饭了，洗手吃茶，又和那两个婆子说了两句话。然后两个婆子告辞出去，晴雯等送至桥边方回。

那两个婆子见没人了，一行走，一行谈论。这一个笑道："怪道有人说他家宝玉是外像好里头糊涂，中看不中吃的，果然有些呆气。他自己烫了手，倒问人疼不疼，这可不是个呆子？"那一个又笑道："我前一回来，听见他家里许多人说，千真万真的有些呆气。大雨淋的水鸡似的，他反告诉人'下雨了，快避雨去罢'。你说可笑不可笑？时常没人在跟前，就自哭自笑的，看见燕子，就和燕子说话；河里看见了鱼，就和鱼说话；见了星星月亮，不是长吁短叹，就是咕咕哝哝的。而且是连一点刚性儿也没有，连那些毛丫头的气都受到了。爱惜东西，连个线头儿都是好的；糟踏起来，那怕值千值万的都不管了。"两个人一面说，一面走出园来，辞别诸人回去，不在话下。"

丫鬟玉钏儿一个不小心

将汤泼在宝玉手上，宝玉的第一反应不是自己被烫了，却只管问玉钏儿"烫了那里了，疼不疼"。这绝非婆子们认为的呆气，也非宝玉的做作，而是仁心仁术真性情的自然流露。

在"尔虞我诈"、"风刀霜剑严相逼"的贾府中,贾宝玉营造出的以人为本、柔性管理的亚文化氛围就更加显得难能可贵。

跟着宝哥哥快乐自由却没前途

贾宝玉平等待人、尊重个性名声在外,怡红院中宽松、平等、友爱的工作环境自然使其成为基层员工人皆向往的部门。然而《红楼梦》中的两大冤案,金钏儿投井、晴雯被炒,宝玉都是直接责任人。金钏儿乘王夫人假寐空档和宝玉说了几句调笑话,却被王夫人一个嘴巴子扇过来,这时的宝玉见王夫人起来,却早一溜烟去了。可见宝玉有惹事的能力,却没有处理事情的魄力。

晴雯是宝玉最欣赏的员工,他一直想给她提职加薪,却因无实际的人事决定权,反而最终害了晴雯。当总经理检查怡红院的部门工作,当场将病中的晴雯炒鱿鱼时,贾宝玉虽心里恨不能一死,但在王夫人盛怒之际,也不敢为晴雯多说一句好话。

黛玉因他而亡　　　　宝钗因他守活寡　　　　寨人因他改嫁

由此可见，贾宝玉不是贾府中的实权人物，上有暴戾专制的贾政、冷酷威严的王夫人，下有潜伏监视的袭人。宝玉虽然有法定第一继承人之名，却有职无权，当家不管事，只能做个"富贵闲人"。日久天长，宝玉心中抑郁，只能向好友柳湘莲抱怨："我只恨我天天被圈在家里，一点儿做不得主，行动就有人知道，不是这个拦就是那个劝的，能说不能行。虽然有钱，又不由我使。"

不能靠征服世界来征服女人，就只能靠征服女人来征服世界，宝玉一头扎进脂粉堆温柔乡，也是没办法。跟宝哥哥谈情吧，却遇见爱情杀手——黛玉因他而亡，袭人因他改嫁，宝钗为他守活寡。跟着宝哥哥干吧，快乐自由却没前途。贾宝玉空有同情体贴的仁爱之心，却并不是一个好领导。因为他不敢担当，也没能力担当。一个还没有接班的富二代，就像是丫鬟拿着钥匙，当家不理事。

良性企业文化的缺失，致使"赫赫扬扬，将近百载"的贾氏望族，几年间就呼拉拉大厦倾，树倒猢狲散。同样，伴随着中国经济30多年的高速发展，中国的许多企业已经做大，取得了举世瞩目的成就。然而辉煌背后，也有很多中国企业像贾府一样陷入一个"成名也忽，其败也速"的困境。

"以铜为鉴，可以正衣冠。以史为鉴，可以知兴亡。以人为鉴，可以明得失。"我们的企业当以《红楼梦》所揭示的企业文化大败局为鉴，以人为本，强调情感管理，塑造企业文化，推行民主管理，重视人才培训、人才资源开发，柔性管理，才能做大做强，基业长青。

有了好的企业文化，才能激发员工的认同感、归属感，增强凝聚力。上下同心，才能在激烈的市场竞争中如虎添翼，无往而不胜。

第四章
竞 争

　　《红楼梦》不仅是一部伟大的爱情小说，也生动地刻画了复杂的豪门恩怨，其柔软细腻的文字背后隐藏着激烈的竞争关系，这种竞争表现在情场、商场、官场、名利场……接下来，我们将从现代商业角度出发，详细地剖析书中错综复杂的竞争关系。

　　《红楼梦》里荣宁二府几百个人物是靠什么有条不紊地组织起来的？答案是尊卑长幼的身份，身份是矛盾产生和聚集的焦点，身份决定地位，而地位和权利直接关联。几百年过去了，中国人依然热衷于谋身份、评职称、争待遇。《红楼梦》里人物的身份地位是根据和领导的关系远近决定的，而不是靠功劳和业绩说话，所以难免会有些被边缘化的管理者不服气，心怀不满。尤其在一些稀缺资源的争夺上，竞争显得更加白热化。

黛钗之争，后来者居上

贾宝玉是大富大贵的二代公子哥，是贾府董事长贾母最疼爱的嫡孙，也是贾府实际掌权者贾政最有出息的儿子。外表英俊潇洒，性格好又聪明，更重要的是他的传奇身世：衔玉而生。大观园里爱慕宝玉的大有人在，但进入决赛圈的只有薛宝钗和林黛玉两人，这就引出了一段著名的三角恋。

分析一下竞争条件，林黛玉是贾母的亲生外孙女，天生聪慧，身世堪怜，受到贾府领导层的疼爱，在人情上优势明显，属于有关

系的;薛宝钗虽然一开始落后于林妹妹,但家里做的是皇室特供的大生意,财大气粗,属于有势力的。林黛玉进贾府比薛宝钗要早得多,她从小就跟宝玉一起,情投意合、青梅竹马,但最终的结果却是宝钗这个后来者获得了最终胜利,宝钗用实际行动证明了"没有拆不散的婚姻,只有不努力的小三",她成功地实施了一次插位战略,她是怎么做的呢?

其一,准备充分,提前造势。薛宝钗知道,林黛玉是贾母面前的红人,而且花容月貌,身材一流,但宝钗意志坚强,明知不可为而为之。她深知"机会总是留给有准备的头脑",于是从一开始就制订了完善的竞争策略,有备而来的她永远都是镇定自若,表现得体。而相比之下,黛玉仗着自己受领导宠爱,清高、不肯主动进攻,她不但没有长久的打算,而且遇到什么事总显得应对不足,经常错失表现机会。林黛玉这辈子最大的心病,就是所谓的"金玉良缘"。你想,自己喜欢的帅哥老跟其他美女有故事,换谁心里都别扭。其实这又是薛宝钗母女提前造势的高明手段。黄金美玉,才子佳人,你的宝玉上有两句话,我的金锁上也有两句话,凑一块跟对联一样工整。于是所有的人都觉得,宝玉跟宝钗才是一对啊,简直是天定的姻缘、地造的一双。

凡事战略先行,制订清晰完善的计划方案,是确保成功的重要前提,而巧妙造势往往能达到事半功倍之效。

其二,投上所好,团结群众。薛宝钗是亲妈带大的,从小家教礼数甚严。同样寄人篱下,林黛玉住的是姥姥家,薛宝钗住的是姨妈家,亲疏远近还是有的。薛宝钗处处小心谨慎,为了笼络人心,采取了上讨欢心、中结同盟、下得拥护的三位一体策略,她很会见人下菜碟,根据对方不同的身份选择不同的交往方式。而且体察入微,广施恩惠,表现出了最大的诚意,赢得了贾府上上下下的一致认可。连最难沟通的情敌林黛玉都被她收服了。宝钗知道，决定婚姻大事的并不是宝玉本人，只要搞定贾母和王夫人这两个决策人就OK了，所以她在宝玉那儿受冷落也不计较。她自己过生日，却预备着贾母最爱吃的菜，点贾母最爱看的戏；王夫人逼死丫鬟金钏，她巧妙地安慰，还拿出自己的新衣服给金钏做寿衣。好事做到这份上，谁能不被她感动？林妹妹可不懂这个，她光顾着自己好过，率性而为，说话办事有点尖酸刻薄，把能得罪的人几乎都得罪遍了，人们只是看在她姥姥贾母的份上，忍着她让着她，连贾母到后来提到她，也是老叹气。贾母到底更疼爱亲孙子，她从长远出发，从各方面的反应来看，也开始逐渐地偏向薛宝钗，薛宝钗在贾府的一番交际运营称得上完美的反败为胜的营销学案例。

擒贼先擒王，在竞争中要争取意见领袖的支持，同时尽可能多地扩大你的粉丝数量。

其三,博取同情,麻痹对手。在宝玉争夺战中,林黛玉一直都有机会翻盘,只要有个长辈在贾母面前多替她说一点好话,撮合撮合,贾母很可能就答应了她和宝玉的婚事,与此同时,贾母也在等一个合适的人主动提议,她自己不能随意指定。一个领导人最不能做的事情就是破坏公平机制和平衡状态,但是林妹妹混得太差了,父母双亡,大观园里又没有一个人肯为她做主提亲。那时不像现在,女方可以主动示爱,林妹妹只好眼睁睁地看着宝哥哥被别人抢走。宝钗母女的厉害之处就在于能够防患于未然,她们合演了一出精彩绝伦的双簧戏,彻底断绝了黛玉要找人做主的这条路。

《红楼梦》第五十七回中有一段非常出色的描述,贾宝玉听说林妹妹要回老家,立刻就闹了一场精神病,把贾母等人都紧张坏了,宝钗母女从中感受到了巨大的危机,如果不尽快采取行动,很可能功亏一篑,于是母女俩一前一后地来到了潇湘馆,薛姨妈先跟黛玉套近乎,说我一直都很关心你,但是怕人家说是为了讨你姥姥欢心,所以不好表露出来,希望你能理解我的一番苦心。黛玉以为薛姨妈说客套话呢,开始并不相信,薛宝钗就在薛姨妈怀里撒娇,这是给黛玉看的:我有妈疼,怎么样,羡慕吧。这招多狠呀,正中林妹妹的软肋,林妹妹从小没爹没妈,哪受得了这刺激?马上就伤感起来。在她心理最脆弱的时候,薛姨妈说话了。"孩子,你太可怜了,要不嫌弃,我当你妈怎么样,以后我像对亲女儿一样对你。"这几句话入情入理,感人肺腑,让黛玉彻底卸下了防备之心。后来薛姨妈故意把话题转到黛玉的终身大事上,紫鹃抢着替黛玉表白说,我们家姑娘跟宝二爷吧,情投意合,两小无猜,只是苦于无人做主,这大事一直定不下来。薛姨妈看时机已到,马上应承下来,没事,没事,有干妈呢,干妈替你做主。这黛玉主仆二人听了这话,心花怒放,深信不疑,以为从此找到了靠山,再也没有请托过其他人，光等着干妈带来好消息呢，殊不知正中宝钗母女的缓兵之计。

其四，心宽体胖，注重保养。按照原著的描写，宝钗和黛玉应该是"钗肥黛瘦"，一个玉润珠圆，一个弱柳扶风，但在新版电视剧《红楼梦》里恰恰相反，宝钗姑娘很骨感，黛玉小姐很丰满，让很多红迷难以接受。为什么呢，因为宝钗最终获胜，跟身体健壮有直接原因。甚至可以说，宝钗耗死了黛玉。黛玉在贾府的状态，可谓三天一小病，五天一大病，本来体质就差，偏偏又是个悲观主义者，心眼小，想得多，加上宝钗时不时的有意刺激，动不动就哭一鼻子，最终一发不可收拾。而宝钗养身之道的根本在于乐观豁达，所谓心宽体胖，她的身材跟性格有很大关系，要说保健品，林妹妹可没少吃，可到底是治标不治本。

王夫人如何逼贾母退位

自古婆媳关系就是老大难问题，贾府最有权势的女人便是贾母和王夫人这对婆媳，表面上这两个人关系不错，一唱一和的，其实各怀鬼胎。

贾母和王夫人一起出场的机会很多，但贾母一点也不喜欢这个儿媳妇。她喜欢的人，既要青春靓丽，又要精明伶俐，比如秦可卿、王熙凤、探春。王夫人也不是省油的灯，控制欲很强，可惜没有实权，也没耐心熬到贾母老死，怎么办？只能玩阴的。一般人察觉不到，贾母这个老江湖却不含糊，所以，《红楼梦》里，贾母与王夫人之间明争暗斗，尤其在争夺对宝玉这个继承人的控制权上，有很多精彩的过招。

花袭人的无间道

袭人是贾母分给宝玉的，原来是看她勤快懂事，照顾人周到，比较放心。但没想到她太懂事、太周到了，竟然跟宝玉发生了不该发生的事儿。近水楼台先得月，袭人和宝玉未进洞房先上牙床，初试了云雨情。宝玉的初夜给了袭人，这显然打乱了贾母的计划，但想到袭人终归是自己的人，也就默许了。殊不知，被晴雯骂了一顿后，袭人清醒地认识到，自己的地位并不稳固，一来贾母更喜欢晴雯，二来贾母早晚得归天，以后这荣国府谁掌大权？当然是王夫人，她才是自己权利和地位的保障，"县官不如现管"嘛。所以袭人积极地向王夫人靠拢，并通过出卖情报和表达忠心取得了信任，王夫人则通过袭人跟贾母的关系让她充当了一名双料间谍，一方面可以监视宝玉的动作，一方面又可以刺探贾母的情报，可谓一石二鸟。当然，王夫人的条件是很丰厚的，除了保证给袭人姨太太的身份，还自己拿出二两银子给她涨工资，要知道，赵姨娘争了一辈子也不过拿二两的花销，袭人这个没有博士学位，没有专利发明，也没有外企经历的女孩子一跃成为贾府的打工皇帝，不得不引人深思。

赶走晴雯除后患

收买了袭人之后，王夫人还有一个眼中钉——晴雯。晴雯也是贾母派过去的，本来计划让她做宝玉的姨太太，不料让狡猾的袭人抢了先。王夫人不喜欢晴雯，除了不想让贾母在宝玉身边安插亲信，还有嫉恨的心理。所有晴雯这种类型的，她都不喜欢。太漂亮、太妖媚，她的丈夫就是被这种女人抢走的——赵姨娘就因为长得漂亮很受贾政的宠爱，贾政轻易不回家，一回家就睡赵姨娘屋里。王夫人看到晴雯就好像看到了情敌，心里一百个不爽，所以千方百计地要赶走她。但晴雯毕竟是贾母的人，王夫人要开除她却苦于没有正当理由。皇天不负有心人，王夫人终于等到了机会，抄检大观园的时候，借着被邢夫人点着的火，她理直气壮地整顿起大观园里的作风问题。怡红院一直是重灾区，宝二爷那么多情的人，难免跟漂亮的丫鬟们有些暧昧，加上袭人的小报告，晴雯便成了第一个被拿来祭刀的，王夫人先斩后奏，未经请示就把晴雯给双开了，贾母知道的时候，晴雯已经办了离职手续。王夫人开除晴雯的理由很充分，第一她老有病，最近好像又得了肺结核，这病会传染，留不得；第二她年纪也大了，该结婚了，老在宝玉房里，怕出事;第三她心眼不好,又懒又傲,容易把别的丫头带坏。贾母一听,连抓带判,你终审裁定都下了,我还能有什么办法?心里虽然不痛快,但也无可挽回,她在宝玉身边布下重兵,本来是双保险,却被王夫人轻松地化解了。

从此,宝玉身边再也没有贾母的势力,王夫人做到了对贾府继承人的绝对掌控,这实际也标志着她在贾府的权力之争拿到了一张王牌。接下来,王夫人又开始为贾家继承人宝玉选媳妇而忙碌,最终了抛开贾母属意的黛玉,另起炉灶。贾母这个贾府最高领导人的权力终于被王夫人架空了。

邢夫人叫板,搬起石头砸自己的脚

王夫人巩固自己权威的另一个机会是竞争对手邢夫人创造的。

邢夫人跟王夫人是很直接的竞争关系,邢夫人的丈夫贾赦不得宠,自己又是偏房出身,她没有能力跟王夫人直接对抗,就想着搞些小动作。她从傻大姐那里得到一个绣春囊,如获至宝,就好像今天捡到艳照门的光碟一样。她决定大闹一场,让当家主政的王夫人难堪,于是派心腹王善保家的去找王夫人告状,名为告状,实为问罪。王夫人恼羞成怒,先是臭骂王熙凤,当然,骂王熙凤也是王夫人的精明之处,因为王熙凤既是邢夫人的儿媳妇,又是贾母指定的首席执行官,她这一骂明显有推脱责任的嫌疑。王熙凤不傻,一眼就看明白了其中的玄机,但她有什么办法,只好担起责任,背起黑锅,被迫和王善保家的一起去抄检大观园。这王善保家的跟着邢夫人这个没权没势的,平时就被大观园里的丫头们看不起,正好趁这个机会出一口恶气。抄家小分队一路到了探春屋里,探春是赵姨娘所生,但是很早就加入王夫人的阵营。王善保家的既看不起她的出身,也看不惯她的作为,就想调侃调侃。没想到探春的脾气太火爆了,直接赏她个大嘴巴子,探春打王善保家的脸,等于打了邢夫人的脸,王熙凤置身事外,乐得看戏。谁料更大的意外还在后面,抄家队在别处没有查到什么,却在邢夫人陪房王善保家的外孙女司棋那里查到了违禁品。这下王善保家的可糠大了,王夫人把球又踢给邢夫人。大嫂子,你看着办吧,横竖都是你们家的事儿。邢夫人傻眼了,本来想射穿王夫人的球门,哪知道球进了,却是个乌龙球,踢进了自家球门,搬起石头砸了自己的脚。

　　而王夫人因祸得福,抄检大观园非但没有撼动她的权威,反而给了她清除异己的大好机会。从此邢夫人再也没有理由指摘荣国府的管理问题,而挑战王夫人的这次行动也以惨败告终。

红楼三国志，如何打败强者

邢夫人和赵姨娘这对苦命人儿同病相怜，志同道合。因为共同的敌人而走到一起，矛头指向大权在握的王夫人，于是出现了《红楼梦》里的"三国演义"。在几何学上有一个三边定律，即三角形的任意两边之和都大于第三边的长度，弱弱联合可战胜强者。而邢、赵的组合再一次印证了这个科学规律。俩人都领教过王夫人的厉害，不敢直接找她的麻烦，只好把仇恨转移到最受王夫人宠信的贾宝玉和王熙凤的身上。

邢夫人是小户人家出身，因此对富家子弟的习气深为痛恨。加上宝玉集万千宠爱于一身，而想到自己的丈夫有名无分，一双子女又都被王夫人拉拢了，就得了相当严重的红眼病。赵姨娘的儿子贾环也是健健康康的，他不泡酒吧、不飙车、不找小明星，凭什么就比宝玉的待遇差这么多呢？赵姨娘最大的指望就是这个儿子，所以她容不得贾环总活在宝玉的阴影里。

再说王熙凤，王熙凤夫妇叛逃贾赦集团本来就让邢夫人气不过了，偏偏王熙凤又是个势利眼，最看不上偏房出身的，所以对邢夫人是阳奉阴违，背后也没少使坏。而对赵姨娘，王熙凤的厌恶之情就表现得非常明显了，甚至是公然的欺辱，所以她成了邢夫人和赵姨娘最痛恨的人。

赵姨娘本来没什么钱，但为了除掉眼中钉，不惜倾尽所有，还打了欠条给马道婆。马道婆法术高明，但在贾母等人面前没得到什么好处，这才帮赵姨娘施了魇魔法。魇魔法的学名叫"偶像祝诅术"，就是通过祭告厉鬼去谋害指定的人，属于非常狠毒的巫术。宝玉和凤姐中邪以后，很快就不行了。赵姨娘竟然还说风凉话，叫大家别伤心了，说他姐俩熬不住了，不如装殓一下，让他们早点归天，比在这活受罪强。如果不是神仙下凡，赵姨娘一旦得逞，邢夫人的满足感丝毫不会差。

邢、赵俩人配合作案虽然不多，但非常巧妙，堪称毁人大全、害人经典。

冤死黛玉，逼疯痴情郎

《红楼梦》中黛玉之死堪称最大的悲剧，而人们通常把责任归结于贾母和王夫人，但其实在背后推波助澜的，正是邢夫人和赵姨娘，邢夫人和赵姨娘谋害黛玉，跟黛玉平日待人刻薄有关，但更主要的原因是想拉宝玉下水。赵姨娘曾撞见宝玉和黛玉在一起卿卿我我，便设计要毁掉宝黛二人的声誉。在她确定贾宝玉对林黛玉的痴情之后，更坚定了这个想法，这和邢夫人不谋而合。于是赵姨娘有段时间非常关心黛玉的身体状况，她派下人旁敲侧击，让贾环去园子里走动，好掌握宝黛的言行举止，搜集所谓的"罪证"。随后，赵姨娘借助邢夫人把这些情况反映给决策层，邢夫人在高层毕竟有一定的话语权，她巧妙地把情况传达给王夫人、贾母，甚至在入宫觐见的时候还告诉了元妃，导致黛玉在众人心目中的形象大打折扣。赵姨娘和邢夫人还利用自己的影响力，把种种不利于黛玉的言论散播出去。后来宝玉跟宝钗结婚，有人对黛玉说"宝玉十分欢喜"，这也是邢、赵二人的杰作。事实上，她们得逞了，林黛玉一死，贾宝玉果然精神崩溃，王夫人也受到了沉重的打击。两儿一女都没有善终，她作为母亲恐怕再也无心争权夺利了。

秋后算账，难死王熙凤

王熙凤一贯强势，生性贪婪而且待人毒辣，这也最终给贾府的衰败和她个人的悲惨命运埋下了伏笔。贾府被抄家，她有很大的责任。她争强好胜，最后落了个颜面尽失，说话办事一下子全没了底气。邢夫人和赵姨娘正好开始反攻倒算，秋后算账，她们先是在财产分配上故意刁难。贾母死了之后，王熙凤大包大揽，希望靠主持贾母的葬礼打一场翻身仗，但结果再次引火上身。邢夫人手里有钱不肯给她使，而且冷嘲热讽，鸡蛋里挑骨头；王夫人看她大势已去，马上跟她划清关系；原来一直受盘剥的丫头婆子们也造了反；赵姨娘添油加醋，没少在众人面前诋毁她，还指派儿子贾环去捣乱，欺负巧姐。王熙凤失道寡助，巧妇难为无米之炊，下人也不听使唤，连累带气，终于一命呜呼，落了个十分凄惨的下场。

王熙凤主仆：最温情的竞合关系

除了管理层之间互相倾轧，贾府激烈的竞争无处不在，但竞争之中也有合作，比如王熙凤和平儿之间的关系，就是典型的竞合关系。

王熙凤树敌太多，很多平时亲近的人最后也离她而去。但王熙凤最大的幸运在于她有一个忠诚的下属和伙伴，平儿。服侍凤姐这么一位大权在握、争强好胜而且奸猾毒辣的主人可不是一件容易的事情。可是平儿不但做得很好，让凤姐引为知己，而且通过自己的努力，从大醋坛子凤姐的一个手下，逐渐地成长为能与之平起平坐的少奶奶级的人物，这是何等的机敏聪慧。难得可贵的是，平儿不是靠一味奉承和巴结上司才取得成功的。虽然在大多数情况下，她都充当了凤姐最得力的助手，但纯朴善良的天性让她和凤姐之间依然存在着不少的分歧乃至冲突。王熙凤毒害尤二姐，平儿冒着被主人重责的危险偷偷地协助贾琏办理尤二姐的后事。第六十一回，平儿办理"玫瑰露和茯苓霜"一案时，没有像凤姐一样大兴冤狱，更没有挟私报复，她劝凤姐说，"得放手须放手，什么大不了的事,乐得不施恩呢"。平儿曾经抓住贾琏偷腥的证据,但她没有以此作为要挟索取封口费,也没有去告密讨好主子,她在贾琏面前维护凤姐的形象,又在凤姐面前替贾琏遮丑,其正直豁达的品行让琏二爷钦佩不已。相比之下,凤姐严苛,平儿宽容;凤姐毒辣,平儿和善;凤姐贪婪,平儿无私。平儿的存在像一面镜子一样映射着凤姐的罪行,也时刻给凤姐以提醒。平儿不争而争,为自己的个人品牌创造了巨大的声誉,最终成功接替王熙凤,成为贾琏的正室。

竞争的最高境界是什么,就是不争而争,用软性的品牌力量逐渐扩大市场,不搞硬对抗,这是平儿高于赵姨娘的地方。

贾雨村的命运抗争

贾雨村是《红楼梦》里的重要背景人物之一,他跌宕起伏的人生机遇暗合了整个故事情节的走势,贾雨村是个不肯安于现状、不迷信命运的人。虽然他屡次遭遇挫折重创,但从未灰心丧气,一生都处在不断的激烈抗争之中。

贾雨村出场时是落魄者的形象,但他有幸得到大财主甄士隐的资助,顺利中举做官,却因为不谙官场之道,很快被参劾下台。换成一般人,受这么一惊一吓,恐怕也就甘心去做平头百姓了,而他偏不认输,后来通过林如海的介绍,攀上了贾府,希望借助贾政的力量求得一官半职。当时的贾雨村一无身份地位,二无钱财银两,面对贾府这样的豪门贵族,更加矮了大半个身子,贾雨村自认是贾政的宗侄,不过是想套近乎,其真实的心理感受绝无异于奴才觐见主人。所以在贾府兴盛时期，贾雨村算是贾府的家奴，后来他如愿以偿，平步青云，确实也报答过贾府，在审理薛蟠打死冯渊一案中，贾雨村听从了下属一个衙役的意见，私下了结此案，让薛蟠逍遥法外，避免了同四大家族的直接冲突。但他牺牲掉的，却是恩人甄士隐的宝贝女儿，那个他当初保证要寻找和照顾的小女孩。

更巧合的是，这个头脑灵光的衙役是当年贾雨村落魄时的旧相识。他当初是一个小和尚，对贾雨村过去的故事了若指掌，"葫芦僧判断葫芦案"，小和尚帮贾雨村审理案情，而且又是熟人，心想肯定少不了得赏吧。殊不知贾雨村嫌他知道自己的底细太多，就找了个借口将他远远地发配了，这跟对待落败后的贾府何其相似。

贾赦、贾政被参了一本，皇上命时任市长的贾雨村查明案情再处理，可贾雨村"怕人说他回护一家"，"便狠狠的踢了一脚"，致使贾府被查抄。当初他生怕贾府不认他作一家，现在倒怕与贾府成为一家。可见在他眼里，无论什么亲戚恩情，根据有无利用价值做判断，都是可有可无的。而政治上的斗争，历来你死我活，获得提升的途径，要么踩着敌人的尸体，要么就踩着朋友的尸体。

造化弄人，命运仿佛有意要制造一出悲喜剧。贾雨村抛弃恩情、亲情、友情，一心想要富贵显达，但争来争去，最终还是落了个被削职为民的下场。

奴婢之争，争一个做奴隶的身份

　　贾府内仆人众多，奴仆间的等级区分也非常严格。但是根据主人的身份地位及个性偏好不同，也是有例外的，虽然同是秘书，但董秘可是高管。比如贾母的贴身丫鬟鸳鸯，由于主人身份崇高，她的地位自然也被抬升，可谓贾府女仆之王，就连各位夫人、小姐也不得不给面子。又比如同是夫人房里的陪房，王夫人房里周瑞家的地位就要比邢夫人房里的王善保家的要高出一些。而宝玉不受传统礼教所约束，又极为受宠，所以连他房里的丫鬟们也都个性鲜明、敢说敢为。

　　按说，奴仆们都是打工的，只不过混口饭吃，彼此间应该不会有太大的对立和矛盾了吧。但事实恰恰相反，奴仆间的争斗不但普遍存在，而且相比主人们之间的机巧含蓄，更显得凶残和直接。鲁迅说，中国人总是处在两个阶段，一个是做稳了奴隶的时代，一个想做奴隶而不得的时代。贾府的下人们，所争的只是一个稳做奴隶的权利。

怡红院：香粉弥漫的战场

　　怡红院是宝二爷的居所，贾宝玉风流倜傥，又爱打情骂俏，受到了丫鬟们的强烈追捧。可是宝玉的柔情必定有限，给了你便没了她，所以酿成了一场奴权保卫战的惨烈事件。

　　查抄大观园惹恼了王夫人，她在怡红院大发淫威，一口气赶走了晴雯、芳官、四儿等好几个漂亮姑娘，这些被驱逐的丫鬟们个个悲伤不已，哀告连天。但有备而来的王夫人不为所动，她赶走谁都有正当的理由，这就让人怀疑了。怡红院中如果没有告密者，王夫人怎么会知道那么多细节？这个罪名，袭人的嫌疑最大。作为贾府领导层默认的姨太太，王夫人安排在宝玉身边的忠实线人，袭人可能真的是一心为宝玉着想，这让她无时无刻的盯防成为正当，也让她的通风报信变成职责所在。她在主观上虽然没有害人之心，但晴雯之死、几个漂亮丫头被赶出去却肯定跟她脱不了干系，哪怕只是她在王夫人面前轻描淡写的那句"宝玉长大了，让他离开那些女孩子吧！"就足以改变晴雯们的命运了。

贾府是典型的金字塔结构，等级森严，奴仆之间也分个三六九等。贾府的奴婢绝对是吃青春饭的，年老色衰地位便下降，上了年纪的婆子跟年轻的丫鬟之间存在着不可调和的矛盾。尤其那些头等丫鬟，平时仗着受宠，不把婆子们放在眼里，迎春房里的司棋，因为厨房的柳嫂不肯给她做鸡蛋羹，就带着小丫头们把厨房给砸了，不可谓不嚣张。但话说回来，虎落平阳被犬欺，更何况你不过狐假虎威，本来也没权没势的，一旦失去主人的庇护，落在那些婆子的手里，后果可想而知。司棋后来因为私定终身被赶出大观园时，本想尽一尽人情，去向原来的同事告个别，但负责押解的婆子们哪里肯依，一路上连打带骂，百般羞辱，那最怜香惜玉的宝二爷来了都劝不住，恨得他直骂："怎么这些人只一嫁了汉子，染了男人的气味，就这样混账起来，比男人更可杀了！"

其实贾宝玉不知道，这跟男人的气味无关，只和弱肉强食的丛林竞争法则有关。

看似一团和气的贾府，温柔乡里的女儿国，却充满了明争暗斗的刀光剑影。无休止的争斗和内讧所带来的危害性随着故事的推进逐渐地显露出来，在书中七十四回抄检大观园时，探春说："可知这样大族人家，若从外头杀来，一时是杀不死的……必须先从家里自杀自灭起来，才能一败涂地！"

不想一语成谶，内外交困之下，贾府快速衰败。在贾府由盛及衰的过程中，发生了很多标志性的事件，其中既有故意为之，也有阴差阳错，究竟谁才是真正的策划高手，那些流传千古的故事背后又有怎样不为人知的秘密呢？请看下章《事件营销》。

第五章
事件营销

《红楼梦》是中国文化中的一朵奇葩,在全世界范围内都有着深远的影响力。新版电视连续剧《红楼梦》的播出又为红楼热加温不少。然而,最忠实于原著,就连对话、旁白都与原著一字不差的新版《红楼梦》却没能像老版《红楼梦》一样被视为经典,反而备受质疑。有的人说凤姐不够泼辣,黛玉不够灵秀,反倒是画面很惊悚,把《红楼梦》拍成了《聊斋》。

一千个人心里有一千个哈姆雷特,一千个观众眼中有一千个林黛玉。鲁迅先生当年点评《红楼梦》时曾说:"经学家看见《易》,道学家看见淫,才子看见缠绵,革命家看见排满,流言家看见宫闱秘事……"这只是不同的人有不同的理解而已。

抛开新版电视连续剧的是是非非,回到《红楼梦》本身,其实它也是一部营销宝典。在《红楼梦》中,人物众多,在这些人中,有些扶摇直上,有些郁郁不得志,更有些身败名裂,一命呜呼。在这些人身上更是发生了大大小小无数的事件,可谓是一个高潮迭起的营销大舞台。在他们当中,事件营销做得好的,一鸣惊人,做得不好的,一败涂地。

黛玉葬花的真正目的何在？元妃省亲的最大受益者是谁？这一个个经过精心策划的事件，里面到底蕴含了哪些营销智慧？

事件营销的借与造

优秀的事件营销能让1万块的广告费看起来像100万，这就是它的威力。

所谓事件营销，是指通过策划、组织和利用有新闻价值、社会影响的人物或事件，吸引媒体、社会团体、消费者的关注，以此提高知名度、美誉度，树立良好的品牌形象，最终达到销售产品或服务的一种方法和手段。

事件营销分为借势与造势。

就像阿基米德所说："给我一个支点，我就能撬动整个地球。"这就是借的力量。而所谓借势是指企业要及时抓住广受社会关注的新闻、事件以及明星人物的轰动效应，结合企业或产品在传播上欲达到的目的而展开一系列相关活动。

"有条件要上，没有条件创造条件也要上！"这就是造。所谓造势是指企业结合自身发展需要，通过策划、组织和制造有新闻价值的事件，来吸引媒体、社会团体与消费者的关注和兴趣。事件本身若没有足够大的影响力，就需要企业进行整体的策划和有效的传播，把事件炒作起来。这样才能最大限度地吸引受众关注，提升传播效率。

条条大道通罗马。不管是借是造，只要精心筹划，就能殊途同归，取得成功。

新版《红楼梦》本身就是一场事件营销

　　很多企业都抱怨说，找不到合适的事件营销的机会。其实世界上最远的距离不是天涯海角，而是事件就在身边你却不知道。世界上最痛心的事不是想要的得不到，而是不经意间的擦肩而过。只要你留心，处处皆事件。

　　拿新版电视连续剧《红楼梦》来说，其前期的筹划和运作是很成功的。可以说，新版《红楼梦》本身就是一场成功的事件营销。可能是其执行团队《红楼梦》看多了，也从中领悟到了事件营销的真谛。由此可见，多读书还是很有好处的。就像美国自由女神像告诉我们的那样：没电也要读书，打着火把读。有这种劲头，怎么还会留下书到用时方恨少的悔恨呢？

　　新版《红楼梦》是如何进行事件营销的呢？首先，执行团队找到了一个很好的切入点，并且这个切入点是能引发人们的足够关注的。这个切入点就是选题问题。选什么主题呢？《红楼梦》本身就是一个世界名牌，更被誉为中国四大名著之首。

　　确定了主题，执行团队就开展了一系列的事件营销活动，来不断提升《红楼梦》的影响力和关注度。

　　首先是"红楼梦中人"评选活动。该活动于2006年8月21日启动，共十大赛区，有45万人参与，使《红楼梦》的重拍和"红楼梦中人"在海内外产生了广泛的影响。

　　接下来是导演风波，原本确定的总导演是胡玫，胡玫也愿意当这个总导演。毕竟这是一场大戏，弄好了就可以晋级皇冠级导演。但是，中间出了岔子，报道说，胡玫对演员不满意，再加上其他一些原因，导致中途换帅，换成了胡玫的同班同学李少红。这一换不要紧，立马又将公众的关注度给激发了起来。执行团队成功地在观众的热情火苗将要熄灭的时候，狠狠地泼了一桶油。

而选秀是把双刃剑，虽然能吸引眼球，但众口难调，真要从参赛者中选出让众人合意的宝黛钗来，绝非易事。因为这年头，凤姐好找，林妹妹难寻，贾宝玉不好选，西门庆满大街都是。选秀虽然造成了一时轰动，但却让人们对《红楼梦》主角失去了神秘感。犹抱琵琶半遮面才能勾起人们的好奇感，像这般大白于天下，角色的吸引力自然小了许多。但策划方也在试图弥补这个遗憾，于是在后期的运作中也玩起了神秘，打起了太极，一会说，选出来的演员不一定全用，一会又说竞选演宝钗的姚笛要演黛玉，可到了最后却演了王熙凤。

姚笛三变身

除此之外，新版《红楼梦》还在剧中安插了不少噱头。曹雪芹写《红楼梦》就是真真假假，假假真真，以假寓真，藏真于假。用书中的一句话形容就是：假作真时真亦假，无为有处有还无。其实，曹雪芹这样做是有原因的,他怕皇上对号入座之后回过头来收拾他。而现在人们写书巴不得你对号入座,从而提升书的知名度。现在的书都追求争议,因为越是有争议,发行量就越大。同样,越是有争议的电视剧,收视率也相对会越高。而新版《红楼梦》剧组可以说是从《红楼梦》这本书中得到了点拨,也玩起了真真假假,让黛玉裸死,让宝玉和黛玉坐着轮胎船玩浪漫,让美女演员玩人体彩绘……真真假假的事件营销在观众中激起了千层浪。

元妃省亲——贾府最大的事件营销

《红楼梦》中蕴藏了大大小小的精彩事件营销案例,元妃省亲就是贾府最大的一次事件营销。

书中第二回就写到了贾家的衰败，冷子兴与贾雨村的一段对话说得明白：如今的这宁荣两门，也都萧疏了，不比先时的光景。贾政当然不愿看着偌大的基业毁在自己这代人手中，对不起列祖列宗啊。但他苦于找不到一个好的方法让贾府重振旗鼓，继续让世人仰慕，让同僚羡慕。

有一个事件，让贾政看到了希望。这就是元春荣升为贵妃娘娘。

元春晋升贵妃娘娘后，皇上开恩，批准元春回家省亲。其实，在之前是没有妃子省亲一说的。过去的皇宫是只许进不许出的，要是皇上死了，还得殉葬；"侯门一入深似海，从此萧郎是路人"。所以元妃才说，皇宫是见不得人的地方。但是当时的皇帝体贴万人之心，也明白世上至大之事莫过于孝，于是就允许妃子回家一次，跟家人团聚，一来一解媳妇的思家之苦，二来也让自己的媳妇回家尽尽孝道，三来也让丈母娘觉得自己这个皇帝女婿还是很不错的。

贾政显然是看到了元妃省亲所蕴藏的机会。他心想，现在我女儿成了皇帝的女人，我就是皇亲国戚，利用一下名人效应对提升贾家的影响力是大有帮助的。能让世人知道，我们贾家的人当王妃了，又有后台了，贾家振兴在望，贾家的前途依旧红火。

那怎么策划好这个事件呢？怎么让这个事件达到最大的影响力，而且影响力持久呢？就像法国因埃菲尔铁塔而闻名，中国因长城而增誉一样，贾政也想到了建立一个标志性建筑。一来显示自己依旧家大业大，二来建筑物能长久保留。

想到这里，说干就干，他们也不找相关部门审批，也不管是不是违章建筑，便开始了大观园的建设。其实就算是违规他们也不怕，因为他们有后台，朝里有人。大观园可以说是创了当时拆迁、建造的速度之最，整个工程头一年开建，次年元宵节前就建好了。

这个大观园周长三里半，占地面积有25公顷之多，采用的是顶级装修。大观园硬件够硬，而且软件也不软，唱戏逗乐的都有，还特意从苏州买了12个小姑娘进行培训，组了一个"女子十二乐坊"。这让见过皇宫大场面的元妃也忍不住赞叹道：衔山抱水建来精，多少工夫筑始成！天上人间诸景备，芳园应锡大观名。

这件事是够轰动，也够给贾府长脸。但是，事完了，钱也没了。外在虽风光，内在却很受伤。修建大观园造成了巨大的财政赤字，同时也让贾府的财富彻底曝光，引起了官场的震惊和舆论的关注，而恃强凌弱、快速拆迁也让贾府树敌过多，这一切都加速了贾府的衰败。

但是，话说回来，在这次事件中，贾政其实是还有赚钱机会的，只是他没意识到。这就是贾府组建的"女子十二乐坊"，试想，如果贾政能花点心思和资金，对这个乐坊进行包装，很有可能会

成为当时红极一时的组合,其影响力应该不会比现在的S.H.E差。

元妃省亲的最大受益者

元妃省亲看似让贾府风光无限,但其实元妃省亲最大的受益者并非贾府,而是一个人,这个人就是贾宝玉。贾宝玉借元妃省亲之势,通过为大观园题诗、撰写楹联,使自己的名声大噪一时,也使自己"伪娘"的形象大为改观。

让人奇怪的是,贾宝玉只知道整天跟姐姐妹妹和丫鬟们玩,怎么会想着给自己策划一次事件营销呢?

先前的宝玉抓周给自己安上了有点"娘"的形象,也给贾家的前景蒙上了阴影。其实，如果贾宝玉能积极应对这次事件，是可以化解它的负面影响的。但贾宝玉却消极应对，不顾不问，而且还大有破罐子破摔的势头。你们说我娘，我不在乎，我还就喜欢娘，"男人是泥做的，女人是水做的，我见了男人就感到污浊，见了女人就感到清爽"。但随着年龄的增长，贾宝玉心中有了些许悔意，他琢磨着自己不能再任由旁人指指点点了，也得展现一下自己的男子汉气概和才学，要不以后怎么在林妹妹和宝姐姐那混呢？这次一定要咸鱼翻身，好好露一手。

第二个原因就是，贾宝玉也从不谙世事的小孩逐渐成熟，看到了贾府的衰败之势，看到了贾家最为人诟病的就是后继无人。贾宝玉曾经被认为是贾家接班人的不二人选，但是这小子不学无术，整天混女人堆。为了贾府的前途大业，贾宝玉也想改变人们对自己的不良认知，通过树立自己的新形象让世人看到，贾府还是有未来的。

第三个原因就是贾宝玉与元妃的关系。姐弟俩的关系相当铁，元妃从小看着弟弟长大，对他抱有很大的期望。宝玉想着不能让她失望，就打算趁这次机会在她面前好好表现一把，让她看看自己的真实水平。

于是，宝玉就进行分析，他得出这样一个结论，这么大个大观园，里面的景点肯定需要起名题匾吧，这就是最好的机会。于是，他就事先买通了他的老师，在题写楹联之前，就让他老师不断去贾政面前宣扬，说他专能对对联。虽不喜读书，偏倒有些歪对才情。为自己日后的卖弄才情埋下了伏笔。果不其然，贾政随后还真给了他表现的机会。宝玉成功地迈出了第一步。

当给第一处景点题名的时候，宝玉老爸的幕僚们故意说了一些俗不可耐的名字，把这个展示才华的机会让给宝玉。宝玉也不含糊，说道："常闻古人有云：'编新不如述旧，刻古终胜雕今。'况此处并非主山正景，原无可题之处，不过是探景一进步耳。莫若直书"曲径通幽处"这句旧诗在上，倒还大方气派。"

宝玉卖弄才情后，这些人纷纷鼓掌叫好，说："二世兄天分高，才情远，不似我们读腐了书的。"

姐弟俩情深意浓，元春一听到各处题匾是宝玉所做，异常欣慰。而在应对元妃的命题作诗时，宝玉一时感到有点江郎才尽，幸好有黛玉这位才女暗中相助。元妃不仅欣赏宝玉的才华，还在众人面前赞许，这可是来自皇室的夸奖。

这一下，宝玉可是着实风光了一把，也让人看到了宝玉并非纨绔子弟，朽木难雕。这一次颠覆了他在人们心目中的形象，树立了宝玉"才子"的品牌形象。

通过事件营销而声名鹊起的还有很多，澳大利亚昆士兰州旅游局也是这方面的高手。

2009年上半年，一条招聘广告在经济一片萧条的冷清之中掀起了不小的波澜，"海景别墅、潜水喂鱼、半年薪水15万澳元（约合人民币75万元）……"澳大利亚人在全世界范围内为自己的"大堡礁"寻找看护员。优厚的待遇、宽松的应聘条件让人难以置信。即使在欧美中产阶级的眼里，这也是一份难得的美差。难道你不心动吗？

这正是澳大利亚人的高明之处，这个被称为"世界上最好的工作"吸引了世界各地的35000人前来竞聘，其招聘活动的官方网站在开启当天便达到了百万人次的浏览量，甚至导致网站瘫痪。世界媒体蜂拥而至，纷纷将镜头对准这里。澳大利亚人成功地将世界目光聚焦到自己的身上，"大堡礁"随即成为许多媒体的主角。

事后，昆士兰州旅游局首席执行官颇为得意地向媒体宣称："我们一向以开辟市场的战略而闻名，"最好的工作"海选是我们第一次真正意义上的全球活动，为全球旅游市场营销开拓了一个全新领域。"昆士兰州旅游局品牌销售总监也向媒体透露，这是一项精心筹划了近3年的营销活动，总投入仅仅170万澳元（约合735万元人民币），其中包括了护岛人15万澳元的薪水，而最终的成果却是，"大堡礁"不仅更为世人所了解，并且还创造了1.2亿澳元的广告营销价值。

黛玉葬花：千古流芳的事件

　　要问大观园里谁是知名度最高的女一号？非林黛玉莫属。林妹妹很喜欢搞行为艺术，也是话题营销的高手。《红楼梦》第三十八回中大观园里的才子才女们成立了海棠诗社，趁着请贾母吃螃蟹赏花，自己搞起了诗歌比赛。别人不过是借景抒情，林妹妹却入戏太深，写了一首《问菊》，把自己的身世都融进去了，写得肝肠寸断，让人一掬同情之泪。

问　菊

欲讯秋情众莫知，喃喃负手叩东篱。

孤标傲世偕谁隐，一样花开为底迟？

圃露庭霜何寂寞，鸿归蛩病可相思？

休言举世无谈者，解语何妨话片时。

　　这首诗非常凄美，充分表达了林黛玉的孤零身世和寂寞情怀。但黛玉在大观园里千古留名不只因为一首菊花诗，而是源于一次事件营销——黛玉葬花。

　　当时，黛玉和宝玉的关系已经有点岌岌可危。人家宝钗看到宝玉有玉，就自己弄了个金锁出来，金配玉，金玉良缘嘛。这意思就是说，我和宝玉天生就是一对，林妹妹你就省省心，别跟我争了。黛玉在竞争上明显处于劣势。而且，林黛玉如弱柳扶风，"病如西子胜三分"，虽然长得不错，但却是病态的美，那身体不是一般的弱。宝钗却心宽体胖。宝钗耗得起,而黛玉耗不起。再者,由于林黛玉的嘴太刻薄,导致她把贾府里能得罪的人全得罪了,而大方会笼络人心的薛宝钗却是很受贾府上上下下的喜欢,林黛玉在舆论口碑上也处于下风。宝黛恋开始不被人看好了,但一场黛玉葬花,成功地扭转了黛玉的劣势处境。

　　黛玉葬花为什么会有这么大的成效?因为葬花事件击穿了宝玉内心最柔软的地方,宝黛由一般的互生爱慕上升为知己。宝玉虽然不像黛玉那样多愁善感,但骨子里是个怜香惜玉之人,越悲戚的事件越能打动他。在那个晚春时节,桃花盛开,斑斓绚丽,但一阵风过,却惹得花自飘零纷纷落。黛玉心想,万物皆有生命,桃花凋落,便是它生命的终结。人死后,会被好好安葬,桃花为什么就不能入土为安呢?

　　而正巧宝玉在桃花树下拿着一本当时的禁书《会真记》(为

《西厢记》的源本）品读。微风轻拂，神清气爽，片片桃花随风飘落，诗情画意，美好得让人不忍惊扰。对正沉醉于精彩故事里的宝玉来说，落花不免显得有些妨碍，他便兜起大捧大捧的花瓣抖入水池中，倒也应了"落花流水春去也"一句。但这时却正遇上黛玉肩上担着花锄，锄上挂着花囊，手内拿着花帚，款款而来。黛玉见到宝玉将花抛入水池，颇为不满，埋怨他说："撂在水里不好。你看这里的水干净，只一流出去，有人家的地方儿，什么没有？仍旧把花遭塌了。那畸角上我有一个花冢，如今把他扫了，装在这绢袋里，拿土埋上，日久不过随土化了，岂不干净？"

黛玉不仅说服了宝玉和她一起葬花，也创造了一个两人在花下共读禁书《西厢记》的机会。宝玉借书抒情，向黛玉求爱："我就是那多愁多病的身，你就是那倾国倾城的貌。"虽然惹得林妹妹半怒半喜，但这算是两人的第一次正式表白，宝黛的关系由此升温。

黛玉葬花这件事立即在贾府传遍，人们纷纷赞叹黛玉的绝世才情和悲天悯人之心。

而林妹妹为此行为艺术撰写的宣传文案更加动人心弦，至今仍在广为传唱——

花谢花飞花满天，红消香断有谁怜？游丝软系飘春榭，落絮轻沾扑绣帘。闺中女儿惜春暮，愁绪满怀无处诉。手把花锄出绣帘，忍踏落花来复去。柳丝榆荚自芳菲，不管桃飘与李飞。桃李明年能再发，明年闺中知有谁？三月香巢已垒成，梁间燕子太无情！明年花发虽可啄，却不道人去梁空巢也倾。一年三百六十日，风刀霜剑严相逼。明媚鲜妍能几时，一朝飘泊难寻觅。花开易见落难寻，阶前闷杀葬花人。独把花锄偷洒泪，洒上空枝见血痕。杜鹃无语正黄昏，荷锄归去掩重门。青灯照壁人初睡，冷雨敲窗被未温。怪侬底事倍伤神，半为怜春半恼春。怜春忽至恼忽去，至又无言去不闻。昨宵庭外悲歌发，知是花魂与鸟魂？花魂鸟魂总难留，鸟自无言花自羞。愿侬此日生双翼，随花飞到天尽头。天尽头，何处有香丘？未若锦囊收艳骨，一抔净土掩风流。质本洁来还洁去，强于污淖陷渠沟。尔今死去侬收葬，未卜侬身何日丧？侬今葬花人笑痴，他年葬侬知是谁？试看春残花渐落，便是红颜老死时。一朝春尽红颜老，花落人亡两不知！

"黛玉葬花"成为千古经典。而通过这一事件，黛玉在宝玉心中成功升位，从两小无猜的玩伴一下子上升为两情相悦的恋人。而且，"黛玉葬花"也让林妹妹成为了中国小资教母级的人物，真可谓是前无古人，后无来者。

凤姐借势营销,声名远播

与以上这些造势者相比,凤姐的借势营销做得也相当成功。王熙凤通过"协理宁国府"一炮而红,让整个家族都看到了琏二奶奶的本事。

秦氏病逝,贾珍把一切都准备妥当之后,发现竟然没有主事的人可以料理丧事。正在发愁呢,被宝玉看见了,了解到长辈的难处自然要尽份心,于是宝玉就向他推荐了凤姐。贾珍一听,不错,凤辣子,管得住人。说完,就直奔大屋里去,诉了一番苦之后,就说明了:想要凤姐。王夫人一听不高兴了,凤姐这么嫩能干什么,弄不好给我丢脸。珍爷苦苦恳求,一把鼻涕一把泪地说:"我想了这几日,除了大妹妹再无人了。"这老泪纵横地弄得王夫人都不好意思了。凤姐见此情景,赶紧毛遂自荐:"太太就依了吧。"王夫人怀疑得很,凤姐挺自信:"放心,不就是后勤工作吗,简单,再说了,不懂我来问您就是了。"这样一来,珍爷可怜,凤姐自信,好吧,从了。珍爷笑了,凤姐喜了,全了。

其实这凤姐心里也没底,回去了还做了个详细的分析,找问题,解决问题。这可是大展拳脚,让他人见识到凤姐我真本事的好机会,不能弄砸了。

第二天早上6点半,凤姐精神奕奕地开始分配工作。大家都不知根底,姑娘婆子的都在门外偷听。

凤姐倒挺有谋略,一开始就把话挑明了。"我这个人挺讨人嫌,但是没办法,我是主子,现在叫我来管你们,你们就得听。你们也别有什么怨言。我脾气还不好，不要惹到我，不然翻脸不认人。我定的规矩就是规矩，如有不从，'格杀勿论'。"乱世用重典，谁还敢说什么。凤姐倒也不只是嘴上功夫厉害，分配工作也有条有理，细致周全，各司其职，果然井井有条。之后再来一招"杀鸡儆猴"，众人算服了她了。加上最近各种红白喜事不少，来来去去的人多，事情杂乱不堪，凤姐"日夜不暇，筹划得十分的整肃。于是合族上下无不称赞者"。

通过这一白事，王熙凤的管理才能博得了家族的整体认可，无人不知此人了得。也难怪之前秦可卿会托梦与她而不是别人，还交代了她各种"永保无虞"的方法，秦氏挺有眼光。

贾母失算的事件营销

正所谓"近朱者赤，近墨者黑"，耳濡目染之下，贾府的人多少都了解一些事件营销的操作手法，不管他们得没得到真谛，都想来次事件营销让自己风光一下。但事件营销并非百用百灵的万能钥匙，不是每次都能成功，操作得不好，很有可能会搬起石头砸了自己的脚。贾府的最高领导贾母就有过一次失败的事件营销。

偌大的荣宁两府，多代聚居，老老少少，人数众多，生日宴会每隔几天就要举办一场。像贾母这等元老级大人物，其生日更是得大办特办，风光无限。

话说又来到了贾母的生日，此时的贾府一派萧条景象，逃的逃，死的死，晦气得很。贾母就想借着自己的生日，好好乐呵乐呵，冲冲喜。

"人生七十古来稀"，贾母活到八十耄耋之年，在当时可以算得上是长寿老人了，全家人自然重视。于是安排了七月二十八到八月初五共八天长假，举家欢庆。从七月上旬开始，送礼的人就络绎不绝。

到了二十八日，两家张灯结彩，音乐不断，热闹空前，但来访的人却并不如预计的那样："宁府中本日只有北静王、南安郡王、永昌驸马、乐善郡王并几个世交公侯应袭，荣府中南安王太妃、北静王妃并几位世交公侯诰命。"来的客人大多是世交，只是因为碍着感情和脸面，恐怕心里不一定愿意来，并未见得有多少新贵。可见贾家的人脉几乎没有延续和扩张。好酒好菜好茶伺候着，大宅门的礼数自然还是一样不会少。聊天的时候，南安王太妃问到宝玉，老祖宗的回答是，念经去了。问到小姐们，说是"病的病，弱的弱"。后辈们原本是应该活蹦乱跳的，贾府后继无人的状况到这里已经再明显不过了。这一事件，不仅没有扭转贾府的衰败形象，反而更加深了人们对贾府日薄西山的感知。

这还不算完，晚上客人走后，尤氏发现门没有关好，让人叫负责人过来。结果引起了一场丫头婆子间的斗争。双方是你一句我一句，骂骂咧咧："我们的事，传不传不与你相干"，"各门各户的，你有本事，排场你们那边人去。"这可好，一家人内讧了起来。其实，丫头婆子们吵的不是架，而是贾府的凌乱现状。因为，丫头婆子们原本就是下人，自己是没什么主见的，他们胆敢如此放肆，自然是上头有人撑腰。紧接着就来了场邢夫人和凤姐婆媳的矛盾。邢夫人一句话，弄得凤姐"由不得越想越气越愧，不觉灰心转悲，滚下泪来。因赌气回房哭泣，又不使人知觉"。可见，贾府内部也是人心涣散，各怀鬼胎。

原本一场大家族热热闹闹的生日会，完全没有给人显赫之感,反而冷冷清清,贾母也总是表现出"乏了"的状态,各种矛盾在这里显露出来,可见此时的贾府已经危机重重,气数将尽,就算是再盛大的排场也无法掩盖住命运的悲凉。

所以,事件营销可以说是一把双刃剑,当你用剑锋披荆斩棘的时候,也有被剑锋伤到的风险。事件营销的操作有其内在的规律性,如何用好事件营销这把利剑,规避事件营销的风险,潜移默化地感染大众,达成行销目的,这就需要我们遵循事件营销的法则,趋利避害。

一部《红楼梦》,多少营销事。好的事件营销具有化腐朽为神奇的力量,成功的事件营销能够使企业的品牌一举成名天下知。现代商业社会不仅企业是一个品牌,每个个人也是一个品牌,请看下一章《薛宝钗升职记》。

第六章
薛宝钗升职记

    贾府就像一间规模庞大的公司，等级森严，如同现在的职场一样，关系复杂。《红楼梦》中的生存之道，透露着世间百态、人生哲学。

    从话剧到电影再到电视剧，《杜拉拉升职记》在"职场人"这个庞大的群体中掀起了一阵又一阵的讨论热潮。现代职场生态以及各种职场"潜规则"，引发了人们广泛的关注和议论。而大观园里的薛宝钗就是一个古代版的"杜拉拉"。

    为什么薛宝钗能够笑傲职场江湖？为什么薛宝钗能够深得人心？薛宝钗又是如何凭借"金玉良缘"的完美策划取代宝玉情有独钟的林妹妹？

    下面，我们就来为大家一一解读，看看薛宝钗是如何在大观园这个职场江湖里从一名见习生上升为CEO的。

身世背景与职业规划

首先，我们来看一看薛宝钗的个人简历。薛宝钗所在的薛家名列"四大家族"之一，她的母亲是贾府当家人王夫人的亲妹妹，她的舅舅王子腾曾任京营节度使，掌握着京城一带的军队。再加上薛家是皇商，虽然宝钗少年丧父，但是其父留下了一大笔不动产，况且还开有当铺，经济条件可以说是相当优越了。这从薛姨妈进贾府时说的那句话中也可以看出，她说："一应日费供给，一概免却，方是处常之法。"也就是说，薛姨妈和宝钗是不花贾府一分钱的，可见，薛宝钗的家底和后台都是很硬的。

薛姨妈一来不差钱，二来朝廷里有人，所以对自己儿女未来的发展自然有很好的规划。但天不遂人愿，她的儿子薛蟠是一副纨绔子弟的做派，整日只知道喝酒、泡妞、打架闹事，家里的生意撒手不管。久而久之，薛家生意日渐萧条。薛宝钗只能一面苦劝哥哥，一面和母亲撑起家里的大小事务，为母亲分忧解难。她立志要通过自己的努力，重新振兴家族，光宗耀祖。

封建社会是一个夫贵妻荣的社会，女人们只有靠嫁一个金龟婿或者是潜力股才能实现自己的人生价值，才能完成自己的职业理想。所以，薛宝钗一心向上攀登，立志要嫁入豪门。

薛姨妈和宝钗进京，起初并不是来投靠贾府，而是参加皇上办的选秀节目《非诚勿扰》的。

　　但皇上选秀有个硬指标,那就是父母双全。薛宝钗因为死了老爸,所以在首轮便被刷了下来。嫁入皇宫的梦想没有实现,薛母一计不成又生一计,开始思谋着把薛宝钗嫁给"富二代"贾宝玉,亲上加亲、强强联合,倚仗贾家的势力来重振薛家的气势和辉煌。

　　随后,薛姨妈便开始布置这场局,着手打造金锁一枚,以迎合贾宝玉的通灵宝玉,暗喻:金玉良缘。还题词"不离不弃,芳龄永继",应对宝玉的"莫失莫忘,仙寿恒昌",以此暗喻宝玉和宝钗的姻缘是"天作之合"。

遇到偶像

薛宝钗步入大观园，就开始了她在这个大企业里的职业生涯。

她初入职场，便遇到了一个盛大的庆典活动——贾元春归省庆元宵。贾元春由一个普通秀女成功晋升成为贵妃娘娘，是薛宝钗学习的好榜样。

元春在皇宫里步步高升，给工于心计的薛宝钗极大的激励。

男人要考科举，女人要参加选秀，清王朝通过这两种方式把天下的优秀男女都一网打尽。选秀是为了保证天下美女让皇上先挑。八旗子弟中年满13岁以上、17岁以下的女子，必须参加选秀，否则不能擅自嫁人。而选秀不光是为皇帝选老婆，也会从中挑选优秀者给皇室其他成员，另外挑选一些做宫女。选秀成功只能说明已经成为皇上身边的女人了，但还不算是皇上的女人。

要想成为皇上的女人，要经过海选、复试、仪态、面试重重考核。若有1000人成为候选嫔妃，那么取得皇上亲自面试资格的也仅有50人，比现在的超女选拔严格多了。在等级森严的皇宫里，三千佳丽也是有等级的。皇上有正配皇后1名、皇贵妃1名、贵妃2名、妃子4名、嫔6名，再往下是贵人、常在、答应、小主，最后才是秀女。清代的后宫，有一种制度叫"伞制"，就是根据嫔妃出行的开路伞仗上"凤"的数量来标志其等级身份的高低。皇太后和皇后是"九凤伞"，贵妃以下为"五凤伞"，而"七凤伞"是皇贵妃的级别。《红楼梦》中描写元春出行的派头是："一把曲柄七凤黄金伞"，由此可以看出,元春是一位比皇妃更为尊贵的皇贵妃娘娘!

从一个普通的秀女到皇贵妃,壁垒森严,元春能够一路过五关斩六将不断升职,就像明星一路潜上来,辛苦血泪不寻常。元妃

其实是贾府在政治名利场上的一枚棋子,她肩负着整个家族的兴衰荣辱。元春不负众望,步步高升,为贾府的基业长青立下了汗马功劳。元妃的成功升职自然成为了薛宝钗学习的榜样,虽然她如今是无缘于皇宫了,但在大观园这个职场上,要想成功升职,也是需要高智商的。

初入职场,满分交卷

元妃省亲是百年一遇的重大事件,再加上又正逢元宵佳节,双喜临门,这对于见习生宝钗来说,是一次难得的长见识的机会,更是一次在领导面前施展才华的机会。

机会只会给有准备的人,所以薛宝钗私下里做了很多功课,当元春准备要试试诸姊妹的才情,要大家题写一匾一诗时,薛宝钗就胸有成竹,一挥而就:

凝晖钟瑞

芳园筑向帝城西，华日祥云笼罩奇。

高柳喜迁莺出谷，修篁时待凤来仪。

文风已著宸游夕，孝化应隆归省时。

睿藻仙才盈彩笔，自惭何敢再为辞。

我们先来分析一下宝钗的这首诗："凝晖钟瑞"这个匾额的意思是：光辉和祥瑞都聚集到大观园里了，歌颂皇恩。

芳园句：以靠近帝王居住为荣。小说中写，贾府在皇城西面。

华日句：写气象绝好，比喻享受皇帝的恩荣。

高柳句：迁莺出谷，《诗·小雅·伐木》有"伐木丁丁，鸟鸣嘤嘤，出自幽谷，迁于乔木"句。乔木，高树。这句诗意思是鸟儿从深谷中迁到高树上。所以后来用"莺迁"、"乔迁"祝贺人的迁居或升迁。薛宝钗用这个典故来祝贺贾元春晋封凤藻宫尚书，加封贤德妃。

修篁句：修，长；篁：竹田，竹林，这里指竹子。传说凤凰食竹子结的果实，呈祥瑞。凤来仪：《尚书·益稷》："箫韶九成，凤凰来仪。"这句诗意思是箫韶乐曲演奏了九章，凤凰就飞来了，容貌、姿态非常美好。这里是薛宝钗恭维贾元春就像凤凰一样降临大观园。

文风句：歌颂圣上崇文尚礼。这是从政治意义上拔高大观园赋诗一事。著，显著。宸游，皇帝外出巡游。这里指元春省亲。帝居叫宸，贵妃亦可称宸妃。

孝化句：孔孟认为能做到孝悌，就不会"犯上作乱"。西汉独尊儒术以后，忠孝成为维持国家宗法制度的道德基础，国家以此来规范人们的思想和行为，亦即所谓进行教化，所以称孝化。隆，发扬光大。归省，回家探亲。诗句的意思是，由于贾元春的到来，"文风已著"，"教化应隆"，这仍然是为贾元春歌功颂德，薛宝钗很善于从思想上为领导"戴高帽子"。

睿藻句：这里是在称赞贾元春对大观园的题诗非常精彩，拥有着睿藻般的才华。这是薛宝钗对贾元春的恭维、奉承的话。最后还不忘谦虚地说一句：瞻仰了元春所题的才智非凡的联额和诗后，自惭才疏学浅，不敢再写诗填词了。

薛宝钗极尽赞美之词，为皇宫歌功颂德，对元春恭维不已，最后还不忘自谦，以显示极高的修养。这最终赢得元妃的好感，初入职场的宝钗第一次亮相就得了一个漂亮的满分。

在这场技能的比拼中，还有一位美女也粉墨登场，那就是林黛玉。黛玉的才华与宝钗不相上下，二人诗作并列第一。但是，从元妃的评价中我们还是能感觉到差别的。

在看完众姐妹的作品后，元妃最后的评价是："终是薛林二妹与众不同。"注意，元妃的评价是薛在林前。这是大观园第一次赛诗，薛宝钗就拔得头筹，在风头上压过了林黛玉。薛林都是美女，林妹妹更是才华横溢，但薛宝钗的初试啼声在贾府最高领导人那里为自己赢得了才女的好印象。

暗助宝玉，赢得好感

元春不仅是宝玉的姐姐，还可以算是宝玉的启蒙老师，她从小看着弟弟长大。宝玉还没上学的时候，就已经得到了贾妃的言传身教，看了很多书，也认识上千个字了，在元妃备选入宫后，她也还时时带信出来说："千万要好生抚养，不严不能成器，过严恐生不虞，且致父母之忧。"元妃对弟弟的眷念切爱之心可见一斑。

所以，这次作诗，元妃是对宝玉寄予厚望的。从一个细节我们也可以看得出：元春只要求姊妹们写一首诗，却要求宝玉写四首。

而宝钗看见宝玉做"怡红院"一首的时候，起草的稿件内有"绿玉春犹卷"一句，就急忙回身悄悄推他说，刚才赐名的时候领导就是因为不喜欢"红香绿玉"这四个字，才改成"怡红快绿"的，你现在又用"绿玉"两个字，岂不是和领导较劲儿吗？然后，赶紧暗中提示宝玉改成"绿蜡"，并且还为宝玉讲解了"绿蜡"的由来典故。从这个细节我们可以看出，薛宝钗善于察言观色、讨领导喜欢。宝玉自是感激不尽，连表谢意，还拜薛宝钗为"一字师"。

薛宝钗只帮了宝玉一个字，而林黛玉则是直接就帮宝玉写了一首诗。

书中描写了林黛玉帮助贾宝玉的缘由——此时林黛玉未得展其才，自是不快。因见宝玉独作四律，大费神思，何不代他作两首，也省他些精神不到之处。

其实，林黛玉只是觉得刚才只写了一首意犹未尽，写得不痛快，所以借帮宝玉之名过自己的文章瘾罢了。

林黛玉有一肚子才华，本想大展其才，将众人压倒，但贵妃娘娘只让每人写一首，黛玉有才华，但没有找到显露的机会。可见才华很重要，找机会在领导面前把才华表现出来更重要。

注重个人形象打造

宝钗自入大观园以来，就因其显赫的身世、动人的美貌以及博学的才华备受瞩目，让各层领导渐生喜爱。

渐渐地，在大观园众人的眼里，薛宝钗"稳重平和"、"随分从时"的良好形象逐渐树立起来。她的一言一行，都特别重分寸、讲礼仪。她做任何事，都非常务实，重视人际关系的稳定和传统价值。她以"合时"作为自己的行为规则，一副大家闺秀的风范。

《咏白海棠》可以说是薛宝钗对其个人形象的完整描述——

珍重芳姿昼掩门，自携手瓮灌苔盆。

胭脂洗出秋阶影，冰雪招来露砌魂。

淡极始知花更艳，愁多焉得玉无痕。

欲偿白帝凭清洁，不语婷婷日又昏。

宝钗借白海棠的丰姿绰约暗喻自己，写尽了自己作为一个豪门千金端庄、矜持的仪态。诗中表达了她恪守妇道、珍爱自己、力求上进的心态。

薛宝钗给自己的定位是淑女，她满脑子封建正统思想，并且极力表现自己的端庄贤淑、超凡脱俗，尽显豪门千金那种优雅且富于智慧的形象。

同时，她还不忘时时拿宝玉、黛玉和自己做比较，在"愁多焉得玉无痕"这句诗里面，"玉"指的应该就是黛玉和宝玉两个人，并带有嘲讽之味地道出他们两个成天多愁善感的性格。通过她和宝黛的对比，让领导看出她认真工作的态度。

薛宝钗的《咏白海棠》写得雍容华贵，符合她的矜持态度及深藏不露的性格。更重要的是，她向大观园的人传达了一个讯息：我是坚决认可"公司"的企业文化和理念的，在今后的工作中我也会一如既往地坚持并贯彻下去，并且与违背公司方针、政策的人划清界限。职场人看好风向尤其重要，宝钗一进来便表明认同公司的主流价值观,可见其聪明。

由于薛宝钗的优异表现,她的升职机会很快就来了。在CEO王熙凤休病假期间,王夫人便提拔薛宝钗、李纨、探春三人来共同协助管理公司事务。虽然薛宝钗也是出身名门的千金小姐一个,但是因为从小在家帮助母亲料理事务,经验颇丰,她和李纨、探春一起把公司管理得井井有条,博得了大家的一致认同。

薛宝钗在职场上始终保持着平易近人、豁达大方的良好形象。虽然自己已经是领导面前的红人,但是也从不张扬,始终保持谦和的态度,为其职场魅力又加了不少分。

此外,薛宝钗还深谙送礼之道。别人送礼讲求的是层层向上,而她送礼是"天女散花"——人人有份。就连平时最没人缘的赵姨娘也"被尊重"了一回,受宠若惊之余,还不失时机地跑到王夫人面前说了一箩筐宝钗的好话。

这就正合了宝钗的意——借第三方之口,传播自己的良好形象。

薛宝钗和林黛玉虽然都是才女,可薛宝钗除了做好自己的本职工作外,还懂得不断打造和提升个人品牌魅力,编织良好的人脉关系网,为升职做准备。相比之下,林黛玉就没有考虑那么多,她只专注于本职工作,从不顾及周围的人际关系。虽然她的专业技能很强,但在人际关系方面远不及薛宝钗,几乎把公司里能得罪的人全都得罪了。所以,薛宝钗和林黛玉在公司的地位逐渐拉开了距离。

化情敌为知己

宝钗对宝黛二人的"你情我愿"看在眼里,妒在心里。但她却不动声色,既然母亲为自己策划了"金玉良缘",那么就安心待嫁宝玉。

面对自己的情敌——林黛玉,宝钗并没有处处为难,反而表面上关怀备至。她的关心主要体现在两个方面:思想上和生活上。

思想上的关心

在黛玉抢答鸳鸯的牙牌令的时候,因为怕被罚吃酒,便说出了《牡丹亭》中的"良辰美景奈何天"、《西厢记》中的"纱窗也没有红娘报"这两句。值得注意的是,《牡丹亭》、《西厢记》在当时被认为是教人学坏的淫书、禁书,是家长坚决不能让孩子们看的书。

用现在的话来说,宝钗发现黛玉浏览过不良网站。于是宝钗找了个机会找黛玉促膝谈心,说,其实艳照我也看过,但你怎么能说出来呢?我也是为你好,咱淑女的形象面子可是第一位的,这段话直说得黛玉千恩万谢。

生活上的关心

当宝钗去探望生病的黛玉时,对黛玉说:"这里走的几个太医虽都还好，只是你吃他们的药总不见效，不如再请一个高明的人来瞧一瞧，治好了岂不好？每年间闹一春一夏，又不老又不小，成什么？不是个常法儿。""昨儿我看你那药方上，人参肉桂觉得太多了。虽说益气补神，也不宜太热。依我说，先以平肝健胃为要，肝火一平，不能克土，胃气无病，饮食就可以养人了。每日早起拿上等燕窝一两，冰糖五钱，用银铫子熬出粥来，若吃惯了，比药还强，最是滋阴补气的。"

薛宝钗的这句"昨儿我看你那药方上"，表明她连续两天来看望黛玉。"这里走的几个太医虽都还好，只是你吃他们的药总不见效"则说明以往她也经常来看望黛玉。

宝钗运用她的医学知识，向黛玉提出了"先以平肝健胃为要"的重要的建议。可以说，这是对黛玉的体贴和爱护。

此后宝钗还每天坚持派丫头送燕窝粥给黛玉。这些确实都是情意的流露，就算是虚情假意，坚持久了也让黛玉最终消除了对她的戒心。

柔中有刚

不仅是对黛玉，宝钗对别的姐妹们的关心也是非常细致、周到的。当宝钗得知袭人把自己的工作推给史湘云的时候，她便站在正义的角度批评了袭人的不对，还主动为湘云分担繁重的工作。当湘云要开诗社做东的时候，薛宝钗担心过多的花费引起其家人的埋怨，便资助她开设螃蟹宴。因此，心直口快、性情直爽的史湘云对宝钗赞赏道："这些姐妹们，再没有一个比宝姐姐好的，可惜我们不是一个娘养的，我但凡有这样一个亲姐姐，就是没了父母也是没妨碍的。"由此可见宝钗收获的不只是赞赏，更是人心。

能在明争暗斗的职场上让对手对自己感恩不尽，让同事巴不得认自己做亲人，贾府中除了薛宝钗也再没有这么高明的人了。

对平辈都这样，对领导那就更不用说了。贾府为薛宝钗过生日，问她爱听什么歌，爱吃什么，宝钗知道贾母喜欢动作片，喜欢吃软的甜点，就按照贾母平时的爱好去安排，结果博得贾母的大加赞赏。《杜拉拉升职记》里说的一条职场法则是：下属要跟领导保持一致。宝钗早已深谙此道，她凭借着百试不爽的攻心计，在大观园这个职场上，把人际关系玩转得游刃有余。

在众人眼里，薛宝钗是好孩子、好姐姐，总之就是好人一个。但是，薛宝钗可不是迎春，像软柿子一样任人摆布。薛宝钗是柔中有刚，当宝玉把她比做杨贵妃的时候，宝钗便冷笑两声说道："我倒像杨贵妃，只是没一个好哥哥好兄弟可以做得杨国忠的！"宝钗此时明显是生气了，本来心情不爽，结果小丫头靛儿因不见了扇子，和宝钗笑道："别是宝姑娘藏了我的。好姑娘，赏我罢。"这个小丫头此刻简直是火上浇油，宝钗本来就一肚子火呢，哪有心思跟她开玩笑。结果宝钗厉声说道："你要仔细！你见我和谁玩过！有和你素日嬉皮笑脸的那些姑娘们，你该问他们去！"靛儿碰了一鼻子灰跑开了。正所谓，老虎不发威，你当我是病猫呢！由此，我们可以看得出薛宝钗的等级观念是非常强的，作为主子的她是很少和下人们打成一片的。这和宝玉形成了鲜明的对比。宝玉对仆人一视同仁，关心爱护，当晴雯冒着大雪天把他写的"绛云轩"三个字贴在门外屋檐下的时候，宝玉心疼地为她暖手。而薛宝钗呢，靛儿只不过是和她开个玩笑，在她的眼里也是没有规矩的表现。在她

呵斥靛儿的时候还夹枪带棒地暗指别的主子行为太过随意，和下人们嬉皮笑脸。薛宝钗还是很在意自己的地位和形象的。

心中有城府

宝钗在处理事情上是非常有城府的。在宝玉被父亲痛打一顿后，宝钗来看望。文中对这一段的描述是：只见宝钗手里托着一丸药走进来，向袭人说道："晚上把这药用酒研开，替他敷上，把那淤血的热度散开，就好了。"我们再看看林妹妹来看宝玉时是如何表现的，文中描述宝玉看到的林妹妹眼睛肿得桃儿一般，满面泪光。可见宝玉被打，黛玉也是很心疼的，但是黛玉只知道伤心地哭，除了哭还是哭。宝钗却能够抓要害，从根本上解决问题。

当宝钗问袭人老爷为什么打宝玉的时候，袭人便把事情的前因后果说了一遍，糟糕的是，宝玉被打的原因里牵扯到了薛蟠，而薛蟠可是宝钗的亲哥哥啊。袭人这不是当着领导的面说领导家属的坏话吗？宝玉急了，赶紧用话拦袭人："薛大哥哥从来不这样的，你们不可混猜度。"精明的薛宝钗早就明白宝玉的意思了。但是我们也说了，虽然宝钗在众人眼里是个脾气和善的好人，但是人家也是有脾气的，况且是在别人说自己亲人不好的时候，薛宝钗绝不退让。虽然大家都知道薛蟠不是个好人，但宝钗在外人面前还是要极力为自己的哥哥维护形象。宝钗听了袭人的话虽然不高兴，但是表面工作做得很好，只是笑着说道："你们也不必怨这个，怨那个。据我想，到底宝兄弟素日肯和那些人来往，老爷才生气。就是我哥哥说话不防头，一时说出宝兄弟来，也不是有心挑唆：一则也是本来的实话，二则他原不理论这些防嫌小事。袭姑娘从小儿只见过宝兄弟这样细心的人，何曾见过我哥哥天不怕地不怕、心里有什么、口里就说什么的人呢？"

袭人本来因说出薛蟠来已经是后悔莫及了，此时宝钗的一番话更是让她羞愧无言。

宝钗的一番话可以说是为哥哥洗清了"罪名"。要说宝钗的高明之处，还不在此。宝钗知道自己的一番话让袭人很不好受，便在出门的时候又对袭人说："你只劝他好生静养，别胡思乱想的就好了。要想什么吃的玩的，你悄悄的往我那里只管取去，不必惊动老太太、太太众人，倘或吹到老爷耳朵里，虽然彼时不怎么样，将来对景，终是要吃亏的。"这一席识大体、顾大局的话说得袭人心内着实感激宝钗。

刚刚还是对袭人略带严厉地提点和教训，此刻又话锋一转和袭人站在了同一条战线。这样的结果是袭人不仅不怨恨宝钗，反而内心还无限感激，可见薛宝钗是多么有城府。

培训新人，钗黛体现不同的价值取向

薛宝钗和林黛玉是贾府的资深员工，但从她们对待新人的态度上我们可以发现，薛宝钗更有心机，黛玉则太实诚。

刚刚进公司的香菱是甄士隐丢失的小女儿英莲。她本来出自书香门第，知识分子家庭，但被人卖来卖去，属于"孩子没娘，说来话长"那种。香菱被卖给呆霸王薛蟠做妾来到贾府后，非常急于学到贾府职场的看家本领——写诗。

钗黛二人对香菱的职业培训风格迥异。当香菱请教宝钗专业技能的时候,宝钗顾左右而言他,要先教她人情世故、往来礼仪。至于怎么写诗却是乏善可陈。面对新人的请教,宝钗笑着对香菱说:"我说你'得陇望蜀'呢。我劝你缓一缓,今儿头一日进来,先出园东角门,从老太太起,各处各人你都瞧瞧,问候一声儿,也不必特意告诉他们说搬进园来。若有提起因由儿的,你只带口说我带了你进来作伴儿就完了。回来进了园,再到各姑娘房里走走。"

薛宝钗给新人上的第一课是——人际关系。

而黛玉则是个"直肠子",香菱向黛玉请教写诗的诀窍,黛玉就把这些年摸索出来的职场技术、秘诀和盘托出:"什么难事,也值得去学!不过是起承转合,当中承转是两副对子,平声对仄声,虚的对实的,实的对虚的,若是果有了奇句,连平仄虚实不对都使得的。"

显然,宝钗比黛玉更有城府。

职场得意,情场失意

薛宝钗通过自己的努力,由一个名不见经传的小小见习生爬到了CEO的位置,和宝玉完婚成为了公司新的当家人,为我们上演了一部古代版的《杜拉拉升职记》。

薛宝钗有哪些职场秘籍呢?

首先,薛宝钗一进贾府,就自始至终和领导站在一起,深得各级领导的欢心。

其次,薛宝钗圆滑、世故,很会做人。在人事关系复杂、矛盾重重的大公司中,她明哲保身,谁都不得罪,哪怕是被人瞧不起的赵姨娘,她也能和善对待,因而得到了上下各色人的称赞。连贾母都夸她"稳重和平"。

"好风凭借力,送我上青云",是薛宝钗在职场中步步高升的真实写照。

人们都说,女强人的婚姻大多是不幸福的,薛宝钗也未能幸免。她在职场上是常胜将军,到了情场却溃不成军。

当完美的"金玉良缘"计划马上要圆满之时,却因宝玉的出家功亏一篑。

薛宝钗赢得了公司所有人的心,却唯独没有获得贾宝玉这个"富二代"的心。其实贾宝玉也并不是讨厌薛宝钗,只是宝钗满脑子的仕途经济和宝玉格格不入。

而林妹妹就不同了。虽然林黛玉在职场上孤立无援,但她却不寂寞,因为贾宝玉是她的知己。虽然贾宝玉是"富二代",但是他对父亲的家业一点兴趣也没有,他不喜欢官场仕途,也不喜欢尔虞我诈的商场人生。他只喜欢和林妹妹"看庭前花开花落,望天外云卷云舒",过世外桃源般的生活。

这一点,林妹妹读懂了,而薛宝钗没有读懂。所以,贾宝玉自然喜欢志同道合的红颜知己——林黛玉,对不失时机百般调教自己的薛宝钗却是敬而远之。

可见,赢得"富二代"的心并没有那么容易,光有美貌和智慧还不够,还要有志同道合的人生观和价值观。"明察秋毫"的薛宝钗唯独没有读懂贾宝玉这块顽石的心,最终落得个独守空房的凄凉下场。

薛宝钗用自己的亲身经历为我们上了一堂生动的职场成功学,也以自己的亲身经历告诉我们:人在江湖飘,谁能不挨刀。所以我们要处处留心、时时警惕。宝钗是在大观园里升职得最完美的,但是光学薛宝钗只能学到她的工于心计,最后很可能会成为一个阴谋家。薛宝钗活得太累。

孔子曾说:"三人行,必有我师焉,择其善者而从之,择其不善者而改之。"除了薛宝钗在职场当中的随机应变、足智多谋,还有很多人的特质值得学习,比如说袭人的忠于职守、黛玉的真诚待人、平儿的和善宽容、晴雯的技能高超,这些都是值得职场中人学习的优点。

第七章
理　财

　　贾府家大业大，其开销也很大，人们不禁要问："贾家的钱究竟是从哪儿来的？他们又是通过怎样的手段来赚钱的呢？"其实，贾府的钱都是祖先积累的，但是贾府的财政状况是老太太过年，一年不如一年。为什么这么说呢？因为贾府中花钱的多，挣钱的少；敛财的多，理财的少；败家的多，持家的少。所以从某种意义上来说，《红楼梦》是一个败家的梦。

　　俗话说：你不理财，财不理你。会赚钱固然重要，会理财更为重要。面对祖辈留下的庞大家业，在享受荣华富贵的同时，贾府中人是如何管理财务的？是什么原因导致贾府遭遇财政危机，以致家道中落？是谁明察秋毫，关键时刻启动财务预警？是谁高瞻远瞩，为危难中的贾府制定了战略性的理财政策？又是谁趁火打劫，置家族危难于不顾，为自己敛财？

　　下面，我们就为大家一一揭开谜底。

房地产牟利

　　良好的财务管理机制是保证一个组织正常运转的关键因素。把贾府比做一个企业，我们可以先来看看这个企业的主要盈利方式。

　　荣宁二府在朝廷世代为官，时常受到皇上的恩荫赏赐。但是，贾府如果光靠这点死工资和奖金，是远远不够的。在当时，占了半条街的荣宁二府，凭借着拥有大量土地的有利条件，做起了房地产出租生意。

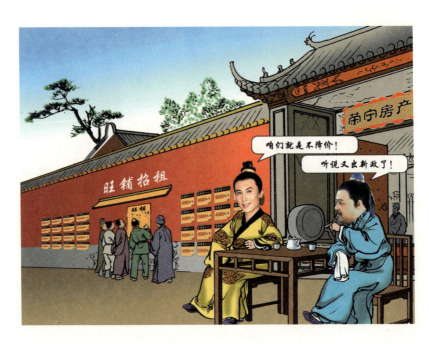

贾府会将大量的土地出租,以此来牟取暴利。中国自古以来出租土地有两种形式,一种是收取实物地租,你租人家的土地种东西,就要用自家生产的产品来抵租金;另一种是相当于货币地租的"折银"。对于贾府来说,货币地租是他们最迫切需要的。在当时,商品经济进一步发展,拥有土地的封建贵族需要大量的货币来购买各种奢侈品,以此来炫富。他们发现只要手中有钱,可以买的东西太多了,因此货币地租成为刚性需求。

宁国府除夕夜祭宗祠,门下的庄头乌进孝到宁国府来交租,贾珍对大批的山珍海味、柴炭油米等"实物地租"根本不感兴趣,他更看重的是"货币地租"——银子。本来他算定至少也有5000两银子,可事实上各项货品折银才有2500两。贾珍很是生气,他说:"这几年添了许多花钱的事,一定不可避免是要花的,却又不添些银子产业。这一二年倒赔了许多,不和你们要,找谁去?"

贾珍的话代表了贾府管理者的愿望。贾府的主人们迫切希望能多搜刮些银子,为的就是弥补贾府财政的巨大亏空。

财政亏空,贾府打肿脸充胖子

贾府财政的亏空又是如何表现出来的呢?贾府时常受到来自皇帝身边的人——比如说太监的敲诈勒索。有这样一个细节,我们来看一下。书中第七十二回里描写了一个场景:夏太府打发了一个小太监来到贾府说话。还未见其人,贾琏已经开始皱眉头,由此可见,夏太府时常来"打扰"贾府,贾琏已经忍无可忍。凤姐让贾琏藏起来,自己先应酬周旋。

从凤姐和小太监的对话中，我们能察觉出向贾府借银子的不只夏府一家。因为在外人眼里，贾府是富贵之家，财大气粗，拔根汗毛都比他们的腰粗，看似有捞不完的油水。况且，都"白玉为堂金作马"了，怎么可能没有钱？俗话说：人怕出名猪怕壮。贾府是有名的有钱人家，要说拿不出钱借人那简直是不可思议的。所以，为了不折损贾府的面子，他们只好打肿脸充胖子，但凡有人借钱统统大方出手。

凤姐硬着头皮想办法，其实她也知道，不能总是这样由着人们来借钱了，于是她便使了一个小计谋，叫旺儿媳妇来说，不管哪里先支200两来。旺儿媳妇马上会意了，说道："我才因别处支不动，才来和奶奶支的。"凤姐道："你们只会里头来要钱，叫你们外头算去就不能了。"这话其实是说给那个小太监听的。凤姐说着便叫平儿，道："把我那两个金项圈拿出去，暂且押出四百两银子。"

这才打发了那个小太监。贾琏出来后笑道："这一起外祟何日是了！"接着贾琏又诉苦："昨儿周太监来，张口一千两。我略应慢了些，他就不自在。将来得罪人的地方儿多着呢。这会子再发个三二百万的财就好了。"

从贾琏这最后一句话中，我们就能够读出贾府紧张的财政状况。

可是，我们来看看贾府的高层管理者们的状态：贾赦是"不管理家事"；贾政是"不愿理家"；贾珍"只是一味搞乐"；贾琏则是见了钱"油锅里的还要捞出来花"。他们都只知道花钱，不懂得挣钱，正如冷子兴说的那样："如今生齿日繁，事务日盛，主仆上下，安富尊荣者尽多，运筹谋画者无一；其日用排场费用，又不能将就省俭。如今外面架子虽未甚倒，内囊却也尽上来了。"

坐吃山空的后代们没有把祖辈的产业经营好，不懂得扩大再生产、增加副业收入,因此,整个荣国府的财政状况是入不敷出的。

面对巨大的财政危机,收地租、房租显然已经无法支撑这个庞大的家业,贾府的财政管理症结何在?我们先从CEO王熙凤说起。

王熙凤的敛财之道

凤姐因为有公司董事长贾母撑腰,上头有人,所以在荣国府里说一不二,飞扬跋扈。凤姐十分贪财,常言道:君子爱财取之有道,而凤姐是小人爱财,大小通吃、黑白通吃。下面,我们来看看王熙凤的敛财手段。

放高利贷

王熙凤是放高利贷的老手，她经常通过这种方式牟取重利。王熙凤放高利贷的本钱来源有两个：一是克扣员工工资；二是预支或迟发员工们的工资。当总经理王夫人听到赵姨娘抱怨工资没发够，因而询问起王熙凤的时候，王熙凤解释说："姨娘们的丫头，月例原是人各一吊钱。从旧年他们外头商议的，姨娘们每位丫头分例减半，人各五百钱，每位两个丫头，所以短了一吊钱。……如今我手里给他们，每月连日子都不错。先时儿在外头关那个月不打饥荒？何曾顺顺溜溜的得过一遭儿呢！"

王熙凤的回答显得自己还很无辜，但实际上她是克扣基层员工的工资，填补自己的腰包。

还有一回，袭人问平儿："这个月的工资怎么还没有发呢？"平儿听了赶紧说：你先别问，再过两天就发了，这个月大家的工资早就分配好了，只是王总正拿着这钱在外面放债呢，等利钱全部得到了，就把工资发给大家。

我们先来看看大观园的员工工资开销，丫鬟们每月是一两银子，其中那些资深的高级丫鬟们还不止一两。再加上哪个丫鬟当月表现良好，赏个一两半两的也是常有的事情。两府的丫鬟仆人加起来有几百号人。保守地估计，大观园一个月光工资就要好几百两。每个月凤姐有几百两的本钱去放债，收益颇丰。

我们再来看贾府主子的人数：宁荣两府本支：男16人，女11人，两府女眷属31人。除了未成年者，贾府的男人平均都娶了两个以上的老婆。贾府男主人加女主人一共是58人。仆人有多少呢？是292人，贾府主仆比例是58∶292，这样算下来是1∶5的比例。也就是说,大观园里,平均一个主人就要5个人来服侍,那些特殊的人还不止5个人,光宝玉就有10个仆人服侍。可见两府在人力上的投资是很巨大的。公司员工多了,工资支出方面压力肯定不小,而王熙凤拿去放高利贷的本钱也多了。

宁荣两府主仆比例结构图　主58：292仆

男16人・女11人・眷属女31人・仆人292人

当领导们逍遥自在,赚得盆满钵溢的时候,那些在荣国府打工的"蚁族"们日子就不好过了,虽说也算是在500强企业里干活的,怎么说也是个白领人士,但光鲜、体面的外表下却是满腹辛酸和无奈。每天"睡得比狗晚,起得比鸡早",辛辛苦苦一个月,拿不到全勤工资不说,还不能按时发下来,实在是郁闷无比。

雁过拔毛

　　凤姐不仅聚财手段高明，而且对钱财的嗅觉也是异常灵敏。哪里有发财的机会，凤姐是绝对不会放过的。有句俗话叫做"雁过留声"，如果这只大雁是从凤姐眼前飞过的话，那么留下的声音一定是惨叫声。因为凤姐有雁过拔毛的本领。

　　王熙凤为了充实自己的小金库，更多地搜刮金钱，竟然做起了典当的勾当。第五十三回中，贾珍父子有这样一番对话——

　　贾蓉说："果真那府里穷了，前儿我听见二婶娘和鸳鸯悄悄商议，要偷出老太太的东西去当银子呢。"贾珍笑道："那又是凤姑娘的鬼，哪里就穷到如此？他必定是见去路太多了，实在赔的狠了，不知又要省哪一项的钱，先设出这法子来使人知道，说穷到如此了。"

　　贾珍的话道破了王熙凤耍的阴谋诡计，戳穿了她疯狂敛财的本质。

　　王熙凤对贾母处的金银宝贝是了如指掌的，贾琏曾经在她的唆使下出面向鸳鸯借钱，从中也可以看到贾府的经济状况越来越紧张。房租、地租已经不能满足他们奢华生活的需求。为了维持这种局面，他们只好拆东墙补西墙，偷盗自己家里的东西出去典当。

　　不仅如此，王熙凤在受人之托说服贾母典当东西的时候也不是白出力的，一次索贿就达一二两银子，胃口可真不小。王熙凤已经把收受贿赂当成了发家致富的一条财路。

　　其实不光是王熙凤，贾府上下很多人也都参与了典当家产的活动。由此可见，当时的贾府已经开始走向了衰亡。

权力寻租

　　凤姐很会借势整合资源,她凭借自己在贾府中的地位,凭借贾府在官场里的人脉,使用权力寻租的卑鄙手段去搜刮钱财。

　　在给秦可卿送殡之后,凤姐是在馒头庵住下的。馒头庵的老尼便找到凤姐,请求帮忙。原来是长安府府太爷的小舅子李衙内看上了张家的女儿张金哥,便打发人来求亲,但不料金哥早已名花有主,和原任长安守备的公子已有婚约。张家看李衙内有钱有势,想攀高枝,便想退亲,与李衙内结为连理。结果守备家不依还状告张家,张家也不是吃素的,便上京来寻门路,准备退掉定礼。老尼希望凤姐能帮忙在老爷、太太们前说一声,通过贾府的势力,帮助退掉守备家的定礼。凤姐说:"你是素日知道我的,从来不信什么是阴司地狱报应的,凭是什么事,我说要行就行。你叫他拿三千银子来,我就替他出这口气。"

由此可见,凤姐是做事没有底线的人,她是不相信报应之说的。在她眼里没有不可以办的事情。

凤姐拿了人家的钱财,便冒用贾琏之名写了封信,连夜送给长安节度使云光,因为这个云光时常受到贾府的恩惠,所以,一看到是"贾琏"的书信,便赶紧帮忙。凤姐利用"假传圣旨"的方法把事情办妥了。但结果没有想到金哥一气之下自寻短见,守备的公子也随之而去。一下子两条无辜生命就这样没了。但凤姐是不理会这些的,毕竟钱已经到手了,又何必管那事后之事。可见凤姐为敛钱财不择手段。

凤姐在财务管理方面没有危机意识和长远的眼光,只顾自己。结果,在查抄大观园的时候,贾琏和王熙凤旗下的七八万两银子全部被追查了出来。贾政悲痛不已地对贾琏说道:"我因官事在身,不大理家,故叫你们夫妇总理家事。你父亲所为,固难劝谏,但那重利盘剥究竟是谁干的?况且非咱们这样人家所为。"至此,王熙凤敛财的丑迹被一一揭露,落了个"机关算尽太聪明,反算了卿卿性命"的下场。连她自己也说,如今枉费心机,争了一辈子强,最后偏偏落在人后头了。

其实,凤姐在管理、沟通等方面还是有着极高的天赋的。比方说,在打理秦可卿丧事的时候,凤姐临危受命把丧事办得又条理又风光;在人际方面,凤姐左右逢源、上下打点,各处都是井井有条。可以说,凤姐是个巾帼不让须眉的女强人。只可惜她有才却无德,虽然有很强的工作能力,却不往正道上走,坏事做尽,不得人心。所以说,从这里我们也要明白一个道理:做事先做人。万事德为先，先把人做好了，再去做事才不会走上邪门歪道。

理财高手秦可卿

其实，贾府真正的理财高手是秦可卿。秦可卿一直是个谜一样的人物。但这个谜一样的女子在故事刚刚上演的时候便香消玉殒，为后人留下了种种猜测。她托梦王熙凤的一番话成为我们对她身世、背景、家学等探寻的依据。而正是这番话让我们找到了贾府中真正的理财高手，不是别人，正是秦可卿。

秦可卿在托梦于王熙凤的时候说"水满则溢，月满则亏"，又说"登高必跌重"，并且她还分析道：现在我们家赫赫扬扬，也算得上是个百年企业了，做到500强不容易。但如果我们没有居安思危的意识,一旦哪天树倒猢狲散的话,也有愧于前人们一手打下的这个老品牌呀。其实这些话就是在暗示家族正面临由盛而衰的危机。

凤姐似乎也听出了其中的意思,便赶忙问如何进行危机管理。

秦可卿给凤姐的"危机公关提案"是层层剥笋,引人入胜。她说,家族没落是必然趋势,不可扭转,但是想要化解危机还是有办法的。她让凤姐趁着现在家族还有钱,赶紧在自己家祖坟旁边投资房地产。即便将来犯了事,祖坟边上的田产产业也是不会被皇家罚没的。凭借这些地产,家人们也有个安身之处,更重要的是这些家产可以作为贾家东山再起的本钱。

秦可卿不仅有居安思危的意识、高瞻远瞩的眼光,还有会理财的头脑。她的房地产投资方案对于贾府来说确实是个锦囊妙计。

不仅如此,秦可卿还预测到未来即将要发生的一件事情将会让整个贾家的财政经历一次巨大的考验。秦可卿说:"眼见不日又有一件非常喜事,真是烈火烹油、鲜花着锦之盛。要知道,也不过是瞬息的繁华,一时的欢乐,万不可忘了那'盛筵必散'的俗语。"

其实这些话就是在暗指为迎接元妃省亲荣国府倾其财力兴建大观园后的财政危机。只可惜凤姐光顾着享受荣华富贵了,一觉醒来,早把秦可卿的话忘到九霄云外了。后来在贾家败落、凤姐病危之际,秦可卿又光顾了一回凤姐的梦境,对她说,你看你不听我言,倚仗家里有钱,吃喝玩乐,最终落得今天这个悲惨地步了吧。

秦可卿说的很对,不仅是王熙凤,贾府上下都过着珍珠如土金如铁的奢华生活。文中在形容大观园奢华景象时,说道就连在宫中见过天下奇珍异宝的元妃在轿内看到此园内外如此豪华,也默默叹息奢华过度,可见贾府对金钱的挥霍无度。

　　在外人眼里，占了半条街的宁荣二府可以说是第二个紫禁城。高高的院墙之内是白玉为堂金作马的奢靡生活。可是，在外人眼里的华美景观其实也就是空架子一个。为了元妃省亲，单就修建大观园造成的财政赤字就使荣国府面临入不敷出的财政状况。贾府高层们终日沉浸在炫富、享乐的虚荣中不能自拔，过着穷庙富方丈的自欺欺人的生活。没有人意识到整个家庭的前途岌岌可危，即使是意识到了，也觉得天塌下来自有人顶着，所以也只是睁一只眼，闭一只眼。结果，秦可卿一语成谶，贾家的命运真的如她托梦王熙凤时说的那样，落得个"三春去后诸芳尽，各自须寻各自门"的悲惨下场，这是后话了，但是最终也证明了一点，秦可卿确实是个理财高手，只可惜红颜薄命，死的太早了。

探春的开源节流

　　在财政危机越来越严重的贾府里，还是有明眼人看出了贾府财务的岌岌可危，并且挺身而出挽救贾府。这个人就是探春。

　　在王熙凤生病之后，王夫人开始安排家族中的"财政大臣"，由探春、薛宝钗和李纨临时担任。探春一接手工作便开始了兴利除弊的改革，她实事求是，办事严谨且细致周到，并很有魄力地对贾府实行开源节流式的财政改革。她的改革主要体现在三个方面：

　　首先是针对自己舅舅不合理的丧葬补贴。探春母亲赵姨娘的兄弟赵国基死了，也就是探春的亲舅舅死了，一向管理这些事情的吴新登媳妇看探春是新上任，趁探春不熟悉工作的时候，便想着法子准备为难一下探春。吴新登媳妇故意不说出以往类似情况的丧葬补贴数额，只是借口说忘记了，等着看探春的笑话。况且去世的又是探春的亲舅舅，如果探春徇私舞弊，借自己的工作之便给自己的舅舅多加补贴的话，那么正好可以抓到她的小辫子。

不仅是吴新登媳妇一个人这么想，其他人也都在回完话之后不再多言。要是换做是凤姐当差，她们早就献殷勤似地出谋划策了，还会查出许多旧例来任凤姐拣择实行。现如今她们蔑视李纨老实、探春年轻，纷纷使出欺生手段。

探春见这阵势早已心知肚明，但她镇定自若，先去请教长辈李纨如何处理——

李纨想了一想，便道："前儿袭人的妈死了，听见说赏银四十两。这也赏他四十两罢了。"吴新登家的听了，忙答应了是，接了对牌就走。探春道："你且回来。"吴新登家的只得回来。探春道："你且别支银子。我且问你：那几年老太太屋里的几位老姨奶奶，也有家里的也有外头的这两个分别。家里的若是死了人是赏多少，外头的死了人是赏多少，你且说两个我们听听。"一问，吴新登家的便都忘了，忙陪笑回说："这也不是什么大事，赏多赏少谁还敢争不成？"探春笑道："这话胡闹。依你说，赏一百倒好。若不按例，别说你们笑话，明儿也难见你二奶奶。"

吴新登家的笑道："既这么说，我查旧账去，此时却记不得。"探春笑道："你办事办老了的，还记不得，倒来难我们。你素日回你二奶奶也现查去？若有这道理，凤姐姐还不算利害，也就是算宽厚了！还不快找了来我瞧。再迟一日，不说你们粗心，反说我们没主意了。"吴新登家的满面通红，忙转身出来。

探春的一番话有理有据、公私分明，其他人听得直伸舌头。

大家都坐等看这个新领导的好戏，探春的做法却令那些看好戏的人大失所望。她严格按照制度行事,先查旧账,然后依照旧例,补贴给舅舅的丧葬费是20两银子,令众人心服口服。

当大家都对探春肃然起敬的时候,探春的亲生母亲赵姨娘却又来搅局。一贯被人看不起的赵姨娘本来想着自己的女儿当官,在贾府扬眉吐气了,准备仗着女儿的势力耀武扬威一回。结果没想到,还没来得及高兴,一盆凉水从头浇到尾。探春不仅没有给自己舅舅的丧葬费多加钱,而且还不如给袭人母亲的多,要知道袭人可仅仅是个仆人呀。赵姨娘自然脸上挂不住,所以无比愤慨地去找探春算账,还说些不中听的话。探春兵来将挡,拿出账本给赵姨娘看,说明自己只是照章办事,绝对不会徇私舞弊。赵姨娘虽有万分不满,但理在探春手里,也只好作罢。这更令人们对探春刮目相看。

探春的第二项改革是为了节约开支,取消了宝玉、贾环、贾兰三人上学的点心、纸笔一年各八两银子的费用。这项开支其实是以他们上学为名给袭人、赵姨娘和李纨的津贴,而她们三人本来就已经有工资了,所以一直以来她们都是领着双份的工资。探春觉得要一视同仁,如果没有什么特别的缘由是不能重复开支的。探春说:"凡爷们的使用,都是各房里月钱之内:环哥的是姨娘领二两,宝玉的,是老太太屋里的袭人领二两;兰哥儿是大奶奶屋里领,怎么学里每人多这八两?"这项有名无实的学费开支被探春毅然去掉。

另外,探春还发现,姑娘丫头们所用的各种化妆品本来是统一购买的,但是这个采购却极不称职,每次不是没买到就是买到的是假货,结果大伙儿只好用自己的工资再去买,显然,这项支出也重叠了。探春查明真相后说,这样不仅浪费钱,化妆品也浪费了不少。干脆就不用买办为大家买了,各姑娘拿钱自己去买合适的、喜欢的化妆品不是既省钱又高兴吗？况且每个人爱好的牌子也不同，你买兰蔻，我买欧莱雅，各得其所。如此一来，既避免了浪费，又扩大了员工们的自由度，一举两得。

探春减掉了日常消费中两笔重复的开销，虽然比起这么大的家业，这些开销微不足道，但是毕竟为贾府省下了一笔可观的费用。试想，如果整个贾府把全部开销都这么仔细地过一遍，也不会落得个穷庙富方丈的下场。

第三项改革，是关于大观园的管理制度以及副业收入的分配问题。比起前两项来，这项改革独具创新意义。探春看到赖大家不足大观园一半的小园子，因为有人承包，年资足有200两银子，便开始算起账来："咱这园子只算比他们的多一半，加一倍算起来，一年就有四百两银子的利息。"她受赖大的启发，对大观园的管理也实行了"承包责任制"。

"承包"这个"新思维"是探春从赖大家花园管理中得到的启示。赖大原本是贾府中的一个奴才，因为主子势力大，后来他儿子倚仗着主子的势力做了知县。虽然身份比以前尊贵了不少，但赖大是白手起家的企业家，深知创业的艰辛和困难，所以即使手头宽裕了也没有丢掉勤俭节约、精打细算的好习惯。

赖大对自己公司的财政管理机制给探春留下了深刻的印象，探春在参观赖大家花园后对众人说："这园子除她们带的花儿吃的笋菜鱼虾，一年还有人包了去，年终足有二百两银子剩。从那日我才知道，一个破荷叶，一根枯草根子，都是值钱的。"赖大的创业轨迹和财务管理模式让探春茅塞顿开。探春和林黛玉不同，不是那种风花雪月的浪漫才女，而是一个聪明干练的女强人胚子。所以，她当即言明："咱们这园子只算比他们的多一半，加一倍算起来，一年就有四百银子的利息。若此时也出脱生发银子，自然小器,不是咱们这样人家行的事。若派出两个一定的人来,既有许多值钱的东西,一味任人作践,也似乎暴殄天物。不如在园子里所有的老妈妈中,拣出几个本分老诚能知园圃的,派她们收拾料理,也不必要她们交租纳税,只问她们一年可以孝敬些什么。一则园子有专定之人修理,花木自然一年好似一年了,也不用临时忙乱;二则也不至作践,白辜负了东西;三则老妈妈们也可借此小补,不枉成年家在园中辛苦;四则也可省了这些花儿匠山子匠并打扫人等的工费。将此有余,以补不足,未为不可。"

探春的这一主意,立即博得了李纨和宝钗的赞同。李纨说,省钱倒是一方面,关键是园子有人打扫了。按照责任分配制度,专司其职,她们又可以拿收获的东西,这样就大大提高了管理者们的积极性。使之以权,动之以利,再不会有人偷懒、耍滑了。仅从形式上看,这最后一句话所表达的差不多就是现代承包制的基本原则了。循此思路,探春、李纨和宝钗又一道对"承包"的具体办法进行了商讨,最后敲定了这样几点:

❶ 按项目类别划分承包对象。

❷ 各人管各处,所获利润除家中定例用多少外,余利可由承包人拿去生利,所得归己。

❸ 承包人年终不用归账(理由是,若归到账房,则必受账房的管辖、捉弄与盘剥,若归到里头,则不免"这个多了那个少了,倒多了事")。

❹ 承包人须在年终"拿出若干吊钱来"散与园中未承包的那些老妈妈(理由是,若承包人"只管了自己宽裕,不分与她们些,她们虽不敢明怨,心里却都不服,只用假公济私的,多摘你们几个果子,多掐儿枝花儿,你们有冤还没处诉呢")。

那么,人们对这些改革反应如何呢?

当探春等人把承包园子的计划告诉被召来的众婆子时，众人听了无不愿意，也有说："那一片竹子单交给我，一年工夫，明年又是一片。除了家里吃的笋，一年还可交些钱粮。"这一个说："那一片稻地交给我，一年这些玩的大小雀鸟的粮食不必动官中钱粮，我还可以交钱粮。"这项改革激发了众婆子的积极性。

更重要的一点是，没有了账房的辖制，又不要与凤姐去算账，一年不过多拿出若干吊钱来，于是个个欢喜异常，齐声说愿意。那些没有拿到项目的婆子们，听了每年终会无故得钱，更都喜欢起来。剩下的问题就是由谁来承包了。经探春等人研究决定，所有的竹子由祝妈承包；稻香村一带凡有菜蔬稻稗之类的由田妈承包；蘅芜院和怡红院的花草则由叶妈承包；其余的地方"又共同斟酌出几人来"承包。至此，承包的计划算是落实到具体人头了。这个改革不仅调动起了园中众婆子的积极性，还能做到增收节支。众人拍手称赞。

探春的这一系列改革不仅体现出了她敏锐的洞察力，更体现出了她精明的理财能力。

繁华盛筵

贾府倚仗着显赫的家世背景和荣华富贵，吃喝玩乐、吟诗作画，将"享乐主义"进行到底。单从宴会来说，《红楼梦》里大大小小的宴会不下几十场，除了大型冷餐会、各种招待会之外，家庭宴会、小型聚餐、沙龙会也是常办的，而且排场都不小。

其中，最隆重的宴席莫过于董事长贾母过生日了。在贾母80

大寿之际,前来祝寿的亲友络绎不绝,贾赦、贾琏怕筵宴排设不开,便商议定于七月二十八日起至八月初五日止,荣宁两处齐开筵宴。那么大的家宅还怕摆不开宴席,可见贾府花钱大手大脚,其不计成本的花钱手段令人瞠目。

贾母的80寿辰花去了贾府两三千两银子。刘姥姥说,20两银子够他们全家花一年,照这么算,两三千两银子够刘姥姥这样的平民百姓花一辈子了。他们奢靡的生活可见一斑。

除此之外,逢年过节时的大小堂会异彩纷呈,一面是女子十二乐坊的莺歌燕舞,一面又是蒋玉菡、柳湘莲等明星的专场音乐会;诗社里吟诗作画时的各种聚会轮番上阵,一会儿是张牙舞爪的螃蟹宴,一会儿又是踏雪寻梅的鹿肉烧烤。繁华的盛宴一场接一场,白花花的银子花得如流水。在这觥筹交错、杯盘狼藉的背后谁又看能清醒地认识到"盛筵必散"的道理?

老百姓有句俗话,吃不穷,喝不穷,算计不到要受穷。贾家就是典型的缺少算计。我们只看到它家大业大,好像永远都有花不完的钱一般,但最后却到了入不敷出的境地,要靠典当古董、变卖家产来过日子,这是典型的理财失败。

现实中因为理财不当而导致经济窘迫的例子可谓比比皆是。据称世界上最富有的英国王室最近也出现了财政危机。女王一家的收入并没有减少,而是因为要维持奢靡的生活致使花费大增。早在1981年,英国王子查尔斯与戴安娜王妃为举办婚礼庆典,邀请世界各地政要名流超过3000人,上百万英国民众走上街头欢庆,约7亿人通过电视转播收看庆典盛况,堪称传奇,是名副其实的"世纪婚礼"。英国王室一时风光无限,但他们为此支付了200万美元的巨款。

时至今日，戴安娜王妃早已香消玉殒，而英国王室也不复往日风采，遭受金融危机之后，财政状况更显捉襟见肘。传闻女王的私人存储即将用尽，甚至有记者拍到她2010年仍穿着往年的旧裙，修补之间，尽显惨淡光景。

第八章

投 资

中国自古官商不分家,历史上最有名的官商莫过于战国时代的秦国商人吕不韦,他从首富直接爬上了总理的位置,连皇帝见了他都要喊老子。吕不韦为什么能这么成功,关键在于他是个很有投资眼光和智慧的商人,他不光擅长商业投资,更深谙政治投资。当年吕不韦跟着老爸去赵国都城邯郸洽谈贸易,无意间发现了被囚禁在赵国的秦国王孙嬴异人,连称"奇货可居",吕不韦立

即向他老爸兜售自己疯狂的商业计划。吕不韦问他父亲:"耕田之利几倍?"曰:"十倍。""珠玉之赢几倍?"曰:"百倍。""立国家之主赢几倍? "曰:"无数!"最后吕不韦和老爸不做外贸生意了,转行做起了投资王储的生意,最后成功地把嬴异人推

上了秦国国王的宝座,这赢异人就是中国第一个皇帝秦始皇的老爸,而吕不韦一下子获利无数。

《红楼梦》中故事发生的背景是官商勾结、兵匪一家,官无商不富、商无官不稳,兵无匪不威、匪无兵不盛。四大家族作为五代官商结合的望族,其中不乏深谙投资哲学的高人,贾政作为公司副董事长是如何用深谋远虑的政治投资使家族免遭破产?身为CEO的凤姐又是如何进行人情投资使自己的女儿幸免于难?《红楼梦》中的种种投资行为耐人寻味、发人深省,下面我们就从几个方面来为大家揭开红楼投资高手的庐山真面目。

政治投资

政治投资是一个长线投资活动,短期内很难见到成效,投资者一定要具备战略性的发展眼光。

放长线钓大鱼

人们常常说"飞上枝头变凤凰",赖大一家就是典型的飞上枝头变凤凰。赖大在贾家世代为奴,贾家看到赖大的儿子赖尚荣有潜质,就不但为其赎了身份,还为其买官当了县长,这叫培养人脉,为以后官官相护做准备。赖尚荣一落娘胎,贾家就给他赎了身份,让他成为自由人。赖尚荣像公子哥一样,从小由丫鬟、老妈子众星捧月似的养着,赖尚荣深信"书中自有千钟粟,书中自有黄金屋,书中自有颜如玉",于是他两耳不闻窗外事,一心只读圣贤书,决定走仕宦之道。20岁时,贾家给他捐了前程。30岁时,他更在贾府的扶持下被选为了一县之长。

这时候赖老太太还不忘向自己的老板去报喜,感恩戴德的话说了一箩筐,把孙子贬得"忘恩负义",只为让领导们眉飞色舞。

为了表示感谢,她还特意把贾府的高层领导们请到家里庆贺,贾老太太也亲自去了。从此赖家就迈上了为官之路,使子孙真正摆脱了打工仔的命运,地位发生了翻天覆地的巨变,整个贾府这么多下人,他们家是开天辟地第一个翻身做了主人的。

飞上枝头变凤凰

贾府

很多投资者因为耐不住性子而使投资项目半途而废,主要在于政治投资的风险性太大,因为政治本身就是瞬息万变的,其中的可变因素太多。因此投资政治时一定要相时而动,时刻保持警惕性,制订多个投资方案,以保万无一失。

舍不得孩子套不着狼

贾氏高层向来深谙政治投资之道,也深知这种投资的高成本特性。早在他们祖辈创业初期,就已经开始进行大规模的政治投资活动了——

"咱们贾府正在姑苏扬州一带监造海舫,修理海塘,只预备接驾一次,把银子都花的淌海水似的……"。

他们的老亲家王家也不差,王熙凤炫耀说:"我们王府也预备过一次，那时我爷爷单管各国进贡朝贺的事，凡有外国人来，都是我们家养活。"

从中我们可以看出这种投资的成本有多高，好在他们前期已经有了巨大的原始资本积累，"东海少了白玉床，龙王来请金陵王"形象地道出了投资者的深厚财力。

而修建大观园是贾府接驾以来最大的投资项目，当贾府的高层领导们得知贾大小姐晋升为贵妃娘娘时，他们立即就看到了巨大的投资机会。最后董事会通过严密商讨，决定要把省亲活动搞得隆重、热闹，要在社会上产生轰动效应。于是他们就按着国家级工程的规格大兴土木。

后来贾政和手下逛园题诗，走了大半日才逛了园中"十之五六"，光从规模上我们就能看出大观园工程的浩大。

再看大观园的奢华程度，光一个大门就有五间房大，还采用了最新的设计款式，装修材料也有很多是进口的高档货。园中的装修更是穷奢极侈，连元妃看后都说太过奢华了。你想想，元妃在

皇宫里什么场面没见过,足见这次投资的规模之大,以致于企业后来出现了严重的财政危机,个个都要勒紧裤腰带过苦日子。

如果只是对自己家的孩子,贾家肯定不至于耗费如此大的财力和人力,他背后真正瞄准的投资对象是当时的国家最高领导人——皇帝,因为皇帝的老婆回家探亲代表的就是皇家亲临,所以接待的规格自然不能低于当年祖上迎驾的规格。

"股市有风险,入市需谨慎",政治投资的风险系数比股票投资大得多,深谋远虑的投资者也从来不把鸡蛋放在一个篮子里。当然风险系数越高、成本越大的投资,其投资回报率往往也越高。政治投资虽然是个高风险、高成本的投资项目,但它的回报率也是相当可观的。

不要把鸡蛋放在一个篮子里

贾家的大小姐当上了贵妃娘娘后,贾氏家族寻找到了自创业以来最大的政治靠山,但贾家并没有把所有的投资资本都压在她一个人身上。为了最大限度地降低投资风险,他们还在各处寻觅了其他多个投资对象,北静王就是其中的高回报投资产品。

贾大小姐不幸早逝后,贾家就失去了最大的政治靠山,一些竞争对手乘势大举进攻,最后在最高领导人的支持下终于把整个贾氏企业查封了。好在西平王和北静王演了一场精彩的双簧戏,才使得贾氏企业免遭破产的危险。西平王先稳住局面尽量争取时间,避免出现重大事故;北静王则赶紧找最高领导人皇帝说情。最后北静王还给贾氏家族出主意,把查出的违禁物品在立案时说成是"原备办进贵妃用的",最终审判也只是把贾赦与贾珍双规查办,贾政的荣国府照常营业。

不要把鸡蛋放在一个篮子里

贾府最失败的投资

贾宝玉虽然是个高智商、高情商的人才，但可惜他天生是个性情中人，另类中的另类。他比愤青还愤青，没事时喜欢泡吧，寂寞时就往女孩堆里钻，姐泡腻了就泡个爷，还时常乱发帖子，言语过激，常常把自己的老子贾政气个半死。每当自己老爸的官场朋友来送礼勾兑时，宝玉都避之唯恐不及。可这贾老板偏偏就爱让自己的儿子和客人多打交道，希望他能多积累点社会经验、人脉，为家族企业的发展寻求更大的空间和机会。

俗话说"道不同不相为谋"，宝玉和他爸压根就不是同一个道上的人。如果他老爸能对宝玉合适地引导和教育，说不准就培养出了一个韩寒式的80后文学明星。大观园刚修建好时，贾公子就在他老爸的朋友面前大露了一次脸，连当时贾大小姐元妃都赞不绝口，后来也证明他确实才华出众。林黛玉死后，贾宝玉万念俱灰，之前还舍不得离家出走，这下倒好，无牵无挂了，把心一横遁入空门了。

官场投资是长线投资

甄士隐、贾政对贾雨村的投资也是典型的长线。贾雨村祖上原本是仕宦之家，后来家道中落，到了自己这代居然沦落到要靠街头卖字为生，心中自然很不甘心，于是他就徒步从家乡来到了京城，准备考进士，借此重振家业，不料中途路费花完了，没办法，只得在一个破庙里暂住。甄士隐是当地的大财主，从贾雨村平日的谈话中早看出其志向非凡，于是中秋节时就特意请他到家里喝酒聊天，酒过三巡后，贾雨村终于道出了自己的苦衷："非晚生酒后狂言，若论时尚之学，晚生也或可去充数沽名。只是目今行囊路费一概无措，神京路远，非赖卖字撰文即能到者。"

甄士隐早巴不得他这么说，于是就顺水推舟说道："兄何不早言。愚每有此心，但每遇兄时，兄并未谈及，故未敢唐突。今既提及，愚虽不才，'义利'二字却还识得。且喜明岁正当大比，兄宜作速入都，春闱一捷，方不负兄之所学也。其盘费余事，弟自代为处置，亦不枉兄之谬识矣！"

这可不是一笔小数目，当时五十两银子可以买一套独立院落的房子了。

甄士隐对贾雨村的投资计划蓄谋已久，甄士隐果然没看走眼，当年贾雨村就考上了进士，没过几年就当上了地级市的市长。可惜市长没干多久就因为贪污受贿被免职了。后来在贾政的帮助下，作为被问责的官员，贾雨村又官复原职，还升了格当上了应天府的知府（相当于现在南京市的市长）。事实上贾政早就对贾雨村的档案进行了详细调查，今天又"见雨村相貌魁伟，言语不俗"，知道此人将来肯定是个有用之才，于是身为工部员外郎的他就给贾雨村"轻轻谋了一个复职候缺，不上两个月，金陵应天府缺出，便谋补了此缺"。

贾政这次的投资成本不高，并且回报周期很短，自己的外甥呆霸王薛蟠和别人争抢美女时，纵使手下故意杀人，刚好贾雨村新上任撞上了。真是来得早不如来得巧，贾雨村不费吹灰之力就将此命案摆平了，断案之后他"急忙作书信二封，与贾政并京营节度使王子腾，不过说'令甥之事已完，不必过虑'等语"。

婚姻投资

对贾雨村的投资最成功的是甄士隐身边的小丫鬟娇杏，为什么？因为她早在贾雨村没当知府之前就已经把他买进了。对她来说，贾雨村就是一支原始股，她运用的投资手段就是慧眼识英雄的感情投资，最终成功钓得了一个金龟婿。

当贾雨村在甄士隐家串门时，娇杏故意在会客厅窗外搔首弄姿，引起贾雨村的注意——

这里雨村且翻弄书籍解闷。忽听得窗外有女子嗽声，雨村遂起身望窗外一看，原来是一个丫鬟，在那里撷花，生得仪容不俗，眉目清明，虽无十分姿色，却亦有动人之处。雨村不觉看的呆了。

这小丫鬟"猛抬头见窗内有人，敝巾旧服，虽是贫窘，然生得腰圆背厚，面阔口方，更兼剑眉星眼，直鼻权腮"，你看，活脱脱一个官相。其实娇杏早就听甄士隐说过贾雨村"必非久困之人"，今天又见他官相十足，不觉又回头一两次，人们常说"回眸一笑百媚生"。这困顿中有美女青睐，比飞黄腾达后的投怀送抱更让贾雨村难忘。若待贾雨村当了市长再频频献媚，估计那时贾雨村早就麻木了。"雨村见他回了头，便自为这女子心中有意于他，便狂喜不尽，自为此女子必是个巨眼英豪，风尘中之知己也。"

贾雨村荣升为市长后，就急忙备了一份彩礼把娇杏娶了过来。一年后，她就给贾雨村添了个大胖小子，母凭子贵又多了一项资本。后来贾雨村的大老婆不幸病逝，娇杏当即就被扶正当了正室夫人。

"原始股"是赢利和发财的代名词，而娇杏的这次原始股投资可真是大赚了一笔，仅仅回头一望就换来了市长正室夫人的宝座。

可是嫁入豪门真的就这样简单吗？我们看看世界首富比尔·盖茨夫人是如何赢得比尔·盖茨的。

梅琳达·法兰奇出生于一个中产阶级家庭，她长得并不漂亮，身材也不出众，但是从小成绩优异，试卷常常作为标准答案公布。后来她进入美国著名学府杜克大学，获得了计算机学和经济学双学位，毕业后还进入了微软公司。由于她勤奋努力，取得了不凡的业绩，很快升任部门主管，成为公司的得力干将。一个毕业不久的年轻人如此迅速地在公司获得了认可，比尔·盖茨对她产生了浓厚的兴趣，终于在一次新闻发布会上，两人相遇，一见如故。一来一往，他们发现彼此兴趣相投，互相吸引，最终坠入爱河，结为连理，梅琳达从此成为了世界首富的夫人。这一鲜活的事例告诉我们，要想嫁得好，先得干得好。

房产投资

　　看过了政治投资,我们来看一下当下社会上关注度最高的话题之一,房地产投资。不过这里向大家介绍的是一位两百多年前的房地产投资专家,而且是一位女性。她的名字叫秦可卿。秦可卿在《红楼梦》里是一位颇具头脑的投资天才,因为她20出头时已经深谙房产投资的诀窍了——

　　"莫若依我定见,趁今日富贵,将祖茔附近多置田庄房舍地亩,以备祭祀供给之费皆出自此,将家塾亦设于此……便是有了罪,凡物可入官,这祭祀产业,连官也不入的。便败落下来,子孙回家读书务农,也有个退步,祭祀又可永继。"

　　从这段话中,我们可以看出秦可卿在投资之前对自己的家境和房产政策进行了深刻透彻的分析,首先是有充足的原始资本,"今日富贵",估计都不用到银行去贷款;房地产的地段选择是至关重要的,可谓是"一招不慎、满盘皆输",秦可卿的选址就相当的科学严谨。"祖茔附近",放到现在来看我们对这个选址肯定会大惑不解,甚至会嘲笑秦可卿,乱坟岗子里去建个豪宅,谁还敢住啊!不要说升值了,不赔死才怪。其实这个选址的秘密在这里,"便是有了罪,凡物可入官,这祭祀产业连官也不入的",可见秦可卿对当时国家出台的房地产投资政策解读得相当到位。祖坟附近的房产属于祭祀产业,以后即便整个贾府被没收财产,这房产也不能归国库,这可是当时的宪法明文规定的。

艺术品投资

　　如果没有足够的房产投资头脑，你可以考虑投资一下艺术品，这不需要很高的投资谋略，只要你眼光够毒辣、够挑剔就行，并且是个稳赚不赔的买卖。艺术品没有折旧率，反而放得越久增值越大。所以女孩最好找考古学家，在考古学家眼里，什么东西都是越老越值钱。

　　贾府出现财政危机时，府中人就时不时地把贾母当年收藏的古董、玉器拿去当铺换银子以渡过难关。《红楼梦》里的贾府在艺术品方面的投资可谓是到了登峰造极的地步。光是大观园的建造就堪称经典，内外一片玻璃世界、珠宝乾坤，汲取了当时江南园林和帝王苑囿的艺术精华,光居住建筑就有九处,主要景观建筑十一处,每一处都堪称是建筑艺术精品。如果大观园能够保存至今,它的艺术价值不知道要增值多少倍。各色稀世珍宝更是让人眼花缭乱,单是宁国府查抄出的珍品就让人瞠目结舌了。"枷楠寿佛一尊,枷楠观音像一尊。枷楠念珠二串。金佛一堂。镀金镜光九件。玉佛三尊。玉寿星八仙一堂。枷楠金玉如意各二柄。"每一件都是艺术珍品,而且还有"古磁瓶炉十七件。古玩软片共十四箱⋯⋯"。贾府对艺术品的投资绝对堪称大手笔,也占用了相当大量的资金。

人情投资

《红楼梦》中,投资回报最大的不是房地产,不是艺术品,而是对人的投资。春秋战国,齐国的宰相孟尝君派他的门客冯谖到薛城去收租,冯谖不仅没有收回一分钱,反而把地契一把火都给烧了。孟尝君大为光火,冯谖对孟尝君说:"你现在根本不缺钱,缺的是百姓的拥戴。"后来孟尝君遭罢官落难薛地,当地百姓纷纷出来款待他,这就是人情投资的回报。凤姐无意中向当年落魄不堪的刘姥姥投资了二十多两银子,没想到数年之后居然因此救了自己女儿的性命。

刘姥姥是典型的农村老太太,斗大的字不识一个,家里穷得叮当响,但进荣国府后,她的境况就发生了翻天覆地的变化。这个变化主要是因为王熙凤从中发挥了间接作用,第一次从荣国府出来刘姥姥意外地从王熙凤那拿到了二十两银子并一吊钱,小日子也开始过得红红火火起来,对凤姐,刘姥姥是感恩戴德的,于是第二年刚收完庄稼，就把自家种的新鲜瓜果蔬菜给贾府送了过去：
"早要来请姑奶奶的安、看姑娘来的，因为庄家忙。好容易今年多
打了两石粮食，瓜果菜蔬也丰盛。这是头一起摘下来的，并没敢卖
呢，留的尖儿孝敬姑奶奶姑娘们尝尝。姑娘们天天山珍海味的也
吃腻了，这个吃个野菜儿，也算是我们的穷心。"

经过前两次的观察，王熙凤对刘姥姥有了深刻的认识，认为
这个人忠厚、讲义气、知恩图报，自己当年的银子果然没有白花。
当刘姥姥第三次进荣国府时，重病垂死的凤姐没有嫌弃刘姥姥的
卑贱身份，毅然决定把自己的女儿巧姐托付给这个八竿子都打不
着的亲戚。在《红楼梦》第一百一十三回中，凤姐两次托付刘姥姥，
第一次可能是悲从中来，第二次就认真了："姥姥，我的命交给你
了。我的巧姐儿也是千灾百病的，也交给你了。"

我们不得不佩服凤姐独到的投资眼光，她早就料想到自己死
后，宝贝女儿肯定不会有好下场。毕竟自己在风光时得罪人太多，
于是就想到刘姥姥，当巧姐被自己的"狠舅奸兄"卖给藩王做妾
时，这个当年受过她二十两银子的农村老太太，一马当先挺身而
出，将巧姐机智地救了出来。

商业投资

贾芸起初不过是个编外人员，连个正式的工作都没有，家里
也是穷得叮当响，十几两银子都要管街头小混混借，可谓是一穷
二白，没身份、没地位，但他却凭着自己精明的投资头脑成功地承
包了贾府的多个工程项目，还被贾宝玉认作了干儿子。

贾芸看到贾府的大观园刚刚建完不久,心里想这里面的猫腻肯定不少,看着别人天天吃肉,直勾勾的眼馋,于是就找到贾琏求爷爷告奶奶的让他给自己点工程干,刚好贾府顺应社会潮流要打造低碳企业,园子里正在大兴花木工程。但这位贾经理是个妻管严,怕老婆。于是贾芸就拿着借来的十几两银子买了点冰片和麝香送给了CEO凤姐,恰巧赶上端午节冰片和麝香物价飞涨,这位CEO也正想着要置办这些东西,于是就欢欢喜喜地收下了,还把他大大夸赞了一番——

"看着你这样知好歹,怪不得你叔叔常提起你,说你好,说话儿也明白,心里有见识。"

第二天,CEO亲自授命把这个工程给了贾芸。不仅如此,连第二年正月里的烟火灯烛工程也一并让他承包了,这可比绿化工程大多了,连凤姐都说这是个肥差事。

十五两三钱银子经贾芸手一倒腾就生成了几百两,甚至几千两,整整翻了数十倍、数百倍,贾芸堪称投资高手。

投资与投机像一对孪生兄弟,常常让人难以辨别,但就本质而言,投资作为一种以获取长期回报为目的的商业行为,体现了更多的理性思维,而投机则以快速获利为第一要义,往往是冲动的贪欲和过于膨胀的自信心相媾和的产物。贾府的悲哀就在于,少有投资人,却多有投机者,投机过重的后果便是泡沫越来越大,最终迅速而彻底地破灭。

既然贾府的钱都没有省下,又没有有效的投资途径,那么都花在哪里了呢?请继续关注下一章《奢华与时尚》。

第九章
奢华与时尚

  《红楼梦》之所以精彩好看，跟作者对大观园中生活细节的生动描写不无关系。人们除了关注动人的爱情故事，对贾府这样豪门贵族的生活场景同样充满了好奇。古代文人要表达一个家族的显赫和繁荣，往往只笼统地用"钟鸣鼎食、连骑相过、闾阎扑地、冠盖如云"来形容。大意就是住豪宅、吃大餐、开好车、用美器、明星驻唱、贵人捧场。但是这么一概括却让人觉得很不过瘾，究竟豪宅是怎样布局装饰的？天价宴席中都有什么山珍海味？达宫贵人们平时穿的用的是何等的精致？

  贾府是奢侈品汇集的地方，像一场规模宏大的奢侈品博览会；大观园是一个时尚街区，国际名品总汇。其实这种奢华的背后有一种中国人的传统精神，那就是精益求精。看完《红楼梦》，我们不禁感叹：中国才是奢侈品真正的发祥地。《红楼梦》中精美的建筑、华美的服装、美食、美器无时无刻不透露一个信息，那就是我们曾经用一种什么样的精神对待我们的器物。这种追求完美的精神，如果我们能够弘扬到今天，中国制造一定会大放异彩。

  什么是奢侈品？奢侈品的第一真谛是精益求精，第二是要舍得铺张。《红楼梦》中的奢华与时尚值得我们细细品味。

真正的豪宅：大观园

"衔山抱水建来精，多少工夫筑始成。天上人间诸景备，芳园应锡大观名。"这是元妃参观完大观园后留下的感慨。天上人间原本形容一个在天上，一个在地下，天与地两个世界的巨大差距。南唐的亡国之君李煜的名句"落花流水春去也，天上人间"说的就是这个意思。是元春第一次把"天上人间"的涵义引申为天上和人间所有的美丽精华都汇集到了一块，难怪高级娱乐会所选"天上人间"这样的名字。

大观园耗费巨大，直接拖累了荣国府的财政状况，是这个大家族有史以来规模最大的一次房产开发，一建就建成了当世的第一豪宅。连从皇宫里走出来的元妃也看花了眼，一面大加赞叹，一面直呼"太奢侈了"。大观园究竟是什么样子呢，先不说"堆山凿池、起楼竖阁、种竹栽花"这些庞杂的基建工程，单说规格，贾蓉曾向贾政汇报说，丈量了三里半的土地。按保守的估算，这三里半是大观园的周长的话，那么大观园每一边长约为500米，即一华里，总占地面积约为25万平方米。一个标准足球场的面积才7140平方米，整个大观园就相当于350个足球场。怪不得贾政等人在里面转悠了大半天，走得腰酸腿软，也不过"才游了十之五六"。

大观园内硬件一流，软件也是五星级的。他们专门派人"下姑苏请聘教习，采买女孩子，置办乐器行头等事"，创办了一个私家

艺术团——女子十二乐坊。当时没有电影、电视、互联网，看私家艺术团的演出应该是最奢侈的娱乐享受了。

玉桥金舟、山石嶙峋、移步景新、华堂若隐、繁花溢香，修竹成林，集合南北风物，汇聚天下奇珍，仿佛所有的文字都不足以形容大观园的精、奇、壮、美。大观园可不是面子工程，建筑内部的装潢修饰也是别有洞天，"奎壁辉煌，琉璃照耀"，白天里看，水环云绕，幽林静舍，只当是瑶池仙境，等到夜里，华灯初上，流光溯影，大观园更

是蒙上了神秘的色彩。

如今的地产商满世界叫卖所谓的豪宅，不知看了贾府这个"省亲别墅"后有何感想。大观园名义上是为元妃兴建的，但元妃并没有太多的机会享受，她省亲"戌初才起身"也就是晚上七点才从皇宫出来，"丑正三刻，请驾回銮"，凌晨两点四十五就被催着回去了，她总共在大观园待了不到8个小时。为什么凌晨两三点还急着赶回皇宫？只因皇帝管老婆太严，为了保证自己的血统纯正，皇帝是不允许自己老婆在外边过夜的，哪怕是在自己的娘家。虽然元妃没有机会享受，大观园这座豪宅也并没有闲着，它成了贾宝玉和他的姐妹们尽情享乐的人间天堂。贾宝玉自从搬进了大观园，才有了"富贵闲人"的称号，而他们最热衷的集会方式，除了写诗酬唱，便是大摆宴席。

葬礼如盛典

《红楼梦》中秦可卿的葬礼，本是丧事，但观其豪华的排场却像一个盛典——

"这四十九日，单请一百零八众禅僧在大厅上拜大悲忏，超度前亡后化诸魂，以免亡者之罪；另设一坛于天香楼上，是九十九位全真道士，打四十九日解冤洗业醮。然后停灵于会芳园中，灵前另外五十众高僧、五十位高道，对坛按七做好事。"

而出殡场景更为壮观——

"连家下大小轿车辆，不下百余乘。连前面各色执事、陈设、百耍，浩浩荡荡，一对对摆三四里远。"

"一时只见宁府大殡浩浩荡荡、压地银山一般从北而至"。

有人困惑,用得着这么大排场吗？答案是：必须的！

原因有二,其一是斗富。在那个年代,贾府虽说是显赫的家族,但正如冷子兴说的："如今的这宁荣两门,也都萧疏了,不比先时的光景","外面的架子虽未甚倒,内囊却也尽上来了。"曾经沧海难为水,越是这样的人家其实是越怕外人看出"萧疏"的光景来。这场葬礼恰好为贾府提供了一次向外界宣言"我们依然强盛"的机会。其二是邀宠。其实这种场合是最适合联络豪门贵族之间感情的。与宁荣共称八公的聚齐了,东南西北四大郡王来了,其余显贵也都不胜枚举。贾宝玉正是在这个时机得见北静郡王的,为以后贾府落难时北静郡王出手相救埋下了伏笔。

《红楼梦》是美食大全

《红楼梦》中描写的各色宴会有很多,规模比较大的省亲宴、生日宴、灯谜宴、合欢宴等,作者都做了细致的描写,活色生香,令人垂涎。《红楼梦》堪称中华美食的百科全书,现在还有很多美食家在研究,并在里面汲取养料。

其中所描写到的食品更是琳琅满目,主食、点心、菜肴、果品、补品等数百种,品目繁多,精美绝伦。

光是提到的粥就有碧粳粥、燕窝粥、江米粥、鸭粥、枣粥等几十种。

现在全国各地都能看到不少挂名大观园或红楼宴的食府,但都是徒有虚名的。还有人专门去点书中写得最详细的那道"茄鳌"，上菜一看大失所望，原来茄鳌就是加了茄子的宫保鸡丁啊。想来一定是厨师没有认真研究过这道菜的制法，或者是虽然研究过了，但觉得按本方制作，这道菜的价码可能就不输于燕窝鲍翅了。但无论怎样都不能按宫保鸡丁的风格来做。因为茄鳌是贾母最爱的一道菜，而贾母年纪大了吃菜都是要烂熟的，宫保鸡丁恐怕老人家是吃不动的，况且它压根儿就不应该是一道热炒，而是一道凉拌菜。

贾宝玉被贾政打了板子后，想吃一种莲蓬荷叶汤。按说就是些普通的食材，做法也不难，但是经凤姐一说，人们才知道其中的玄妙，必须要用一种纯银做的模具才行，模具有四副，三四十样造型，做出的面食十分精巧别致，再用高汤熬制，连薛姨妈这样富贵人家的主妇都赞叹说："你们府上也都想绝了，吃碗汤还有这些样子。"

中式餐饮历来是食不厌精、脍不厌细的，而贾府这样的豪门贵族，既吃得起，也懂得吃，所以才引出好些个名贵菜肴，个个都有历史，有故事。有些食材看似平常，经过不断地深加工，也能于平凡中见神奇。

薛宝钗和史湘云发起的螃蟹宴只能算贾府的一次小型宴会。

"这样螃蟹，今年就值五分一斤。十斤五钱，五五二两五……再搭上酒菜，一共倒有二十多两银子。阿弥陀佛！这一顿的银子够我们庄家人过一年的了。"

刘姥姥再次算起了账，按照书中所说，当时螃蟹五分银子一斤，现在上好的阳澄湖大闸蟹，也要卖到100元一斤，一两银子可以买到20斤大闸蟹。按购买力计算，一两银子的购买力相当于现在的2000块钱，20两银子就是4万块，一顿螃蟹宴吃掉4万块，真是够奢侈的。

奢侈啊！
够我们家人一年
的生活费！

红楼时装秀, 媲美巴黎时装周

除了居所豪华、饮食精细,《红楼梦》里的主角们的时装品位也丝毫不逊于当今的明星大腕。

《红楼梦》第四十九回就是一场生动唯美的雪地时装秀。

黛玉罩了一件大红羽纱面白狐皮里鹤氅;薛宝钗是一件莲青斗纹锦上添花洋线番羓丝的鹤氅;史湘云穿着贾母予她的一件貂鼠脑袋面子大毛黑灰鼠里子大褂子,大貂鼠的风领,头上戴着一顶挖云鹅黄片金里大红猩猩毡昭君套;宝玉穿一件茄色哆罗呢狐皮袄子;宝琴披着凫靥裘。

　　北京故宫博物院到现在还保存着一件凫靥裘褂,是用野鸭面部两颊附近的毛皮制作的。要用大约720块凫靥裘一块压一块拼缝而成。这件凫靥裘褂在移动时会随着方向变换颜色,光彩夺目。

　　贾母送给宝玉的衣服是最名贵的,《红楼梦》第五十二回中,宝玉要到王子腾家去,贾母便命鸳鸯:"把昨儿那一件乌云豹的氅衣给他罢。"宝玉看时,金翠辉煌、碧彩闪烁,又不似宝琴所披之凫靥裘。只听贾母笑道:"这叫作'雀金呢',这是俄罗斯国拿孔雀毛拈了线织的。"这件衣服可了不得,堪称《红楼梦》里的冬装之王,雀金呢为面,乌云豹为里,都是当时最名贵的材料。怪不得贾母送这件衣服给宝玉后,还让他去王夫人那里显摆一下,而宝玉不慎烧了个小洞在上面,急得"喜声跺脚",整个贾府没有一个女工裁缝能补得上,幸亏晴雯手巧,抱病赶工修补,才得以蒙混过关。

　　大家都知道白狐皮和貂鼠皮是非常名贵的,《史记·孟尝君列传》云:"孟尝君有一狐白裘,直千金。"《红楼梦》中提到的还有猞猁狲大裘、天马皮、乌云豹等，这些皆是当时名贵的皮草，即便是现在，一件貂皮大衣也要上万元人民币，非一般工薪阶层能穿得起。

中国是奢侈品的发祥地

奢侈品的特点是精益求精，大观园里处处显示出了精致之处。第四十四回中写到宝玉帮平儿理妆——

宝玉忙走至妆台前，将一个宣窑瓷盒揭开，里面盛着一排十根玉簪花棒儿，拈了一根递与平儿。又笑向他道："这不是铅粉，这是紫茉莉花种，研碎了兑上香料制的。"平儿倒在掌上看时，果见轻白红香，四样俱美，扑在面上也容易匀净，且能润泽肌肤，不似别的粉青重涩滞。然后看见胭脂也不是一张的，却是一个小小的白玉盒子，里面盛着一盒，如玫瑰膏子一样。宝玉笑道："那市卖的胭脂都不干净，颜色也薄。这是上好的胭脂拧出汁子来，淘澄净了，配了花露蒸成的。"

可惜了贾宝玉这块材料，果然是脂粉高手。要搁到现在，凭他对化妆品如此深入的研究和精致的工艺，定能成为化妆品行业的翘楚，恐怕连迪奥、香奈儿这些洋品牌的掌门人都要甘拜下风。

《红楼梦》中制作奢侈品的诀窍，被西方人学去了。劳斯莱斯就号称其座驾是纯手工打造的，座椅及内镶皮件全部采用斯堪的纳维亚半岛的小牛皮。一辆劳斯莱斯要用20张整张的小牛皮，唯其如此，才显珍贵。西方人只知道用多少吨玫瑰花瓣提炼多少克玫瑰精油，曹雪芹却早已发现了奢侈品生产过程中的细节之美，工艺之繁，人文之雅。中国绝对是奢侈品的发祥地。

《红楼梦》中的茶文化

中国是茶文化的发源地，《红楼梦》中关于茶的描述很多。除了"枫露茶"、"龙井茶"、"六安茶"、"老君眉"、"普洱茶"等传统名茶，他还提到作为贡品的"暹罗茶"，这暹罗就是现在的泰国。

可是暹罗茶在大观园里并不受待见，凤姐、宝玉、宝钗等人都说不怎么样，还不如平时喝的茶，可见还是中国的茶好喝。

中国茶艺，除了对茶叶讲究，饮茶的器具和泡茶的用水也都大有学问。

如第五十三回《宁国府除夕祭宗祠 荣国府元宵开夜宴》里描述的，贾母花厅上共摆了十来席。每一席旁边设一几，几上设炉瓶三事，焚着御赐百合宫香。又有八寸来长四五寸宽二三寸高的点着山石布满青苔的小盆景，也俱是新鲜花卉。又有小洋漆茶盘，内放着旧窑茶杯并十锦小茶吊，里面泡着上等名茶。一色皆是紫檀透雕，嵌着大红纱透绣花卉并草字诗词的璎珞。王夫人居住的正二室里也是茗碗瓶具备。女婢们也用精美的茶盘托着茶盅为主人送茶水，比如袭人用"连环洋漆茶盘"送茶水；就连元妃奖给贾府兄妹的灯谜奖品也有茶具，一柄茶筅。而位居荣府管家奶奶的凤姐，更是出门都有家丁仆妇带着茶壶茶杯，以备不时之需。而这些茶具都极为精致，反映了富贵人家的气派。

书中第四十一回，宝黛钗在妙玉的栊翠庵品茶一节，妙玉向贾母敬茶，用的是一个海棠花式雕漆填金云龙献寿的小茶盘，里面放一个成窑五彩小盖钟，其他人都是一色官窑脱胎填白盖碗。

泡茶的水是"旧年蠲的雨水"。

后来妙玉单独招待宝钗黛,更教人大开眼界了,先说器皿。宝钗用的是一种叫"分瓜瓟斝"的葫芦器;给黛玉用的是用犀牛角做成的杏犀(上乔下皿);给宝玉用的则是绿玉斗和九曲十环120节蟠虬整雕竹根的一个茶海,就这些茶具,听所未听,闻所未闻,已经让人目瞪口呆。而后说到用水,是妙玉五年前在玄墓蟠香寺收集到的梅花上的雪,共得了鬼脸青的花瓮一瓮,埋在地下保存的,平时并不舍得喝,虽然不知道这样存水是否科学,但这水的难得和罕见足见其珍贵了。饮茶的心态也很重要,书中说"一杯为品,二杯即是解渴的蠢物,三杯便是饮牛饮驴了"。

值得深思的是,中国作为茶叶和茶文化的发源地,至今没有一个在国际市场上叫得响的品牌,中国7万家茶厂在年产值上难敌一家英国的立顿,而立顿的发源地英国根本不种茶,立顿茶的原料大多来自中国、印度、斯里兰卡,可能还有"暹罗",但这妨碍不了立顿的产品卖到全世界。

亚里士多德曾经说过:"需求是我们生存不可或缺的东西;而欲求则是那些我们想要高人一等的东西。"显然这个欲求就是奢侈的欲望。

人都有奢侈的欲望。因为有了欲望,人类社会才得以前进。若干万年之前,人类的老祖宗如果没有奢望吃得更美味、穿得更好看、行得更方便,恐怕我们现在还在刀耕火种、茹毛饮血。但是过分奢侈、挥霍无度,为了外表好看而一味斗富就不合常理了。古训说"败由奢起",就是说奢侈是败家的根本,贾府的败落虽有政治因素在里面,但是过度的奢侈确是其走下坡路的开始,值得后人警醒。

第十章
艺术市场

我们不仅可以从《红楼梦》中看到大观园中的日常生活,还可以欣赏到古代琳琅满目的艺术品。此前我们专门讲过《红楼梦》里的奢侈品,但大观园里面的华服、美食并不是最让人艳羡的。《红楼梦》中描写了大大小小44场的饭局、宴会,但是却有112首诗词。这里,我们就从艺术市场的繁荣来解析《红楼梦》里绚丽多彩的精神世界。

《红楼梦》里的娱乐圈

《红楼梦》中描写了很多娱乐场景,其中最常见的是"堂会"。堂会类似于现在的专场表演,有钱的人家,请几个明星,在自己家搭台演戏,书中仅记录贾府举办的大小堂会便有几十场之多,主要表演最流行的昆曲。昆曲在当时属于国戏,我们今天的国粹京剧是在清乾隆五十五年徽班进京以后才开始流行的。

《牡丹亭》和《长生殿》是当时昆曲里比较著名的曲目。在给贾敬祝寿的堂会上，王熙凤点了一出《还魂》，乃是《牡丹亭》中的《还魂》即《回生》一折。元妃省亲时，点的《乞巧》和《离魂》也分别是《长生殿》和《牡丹亭》中的片段。

王熙凤、元妃比较爱看言情剧，而贾母的爱好却跟她们大不相同，贾母比较爱看动作片，比如说《西游记》、《山门》等，这些都是贾母的最爱。可见当时昆曲在风格和种类上形式多样，也能够满足不同消费者的需求。

堂会的盛行说明当时的演出市场已经初具规模，而演出市场的繁荣催生了早期的娱乐圈。热热闹闹的娱乐圈，历来少不了明星们的风采，《红楼梦》里的戏剧名角，当属蒋玉菡和柳湘莲。

蒋玉菡红极一时，众粉丝争相追捧

蒋玉菡以饰演旦角闻名，因为出众的才华和相貌而走红，在当时的娱乐圈小有名气，拥有众多的粉丝。他的粉丝可不简单，个个都是有权有势的大人物，个个都有不同的追星手段。

首先是风流倜傥的北静王水溶，他的追星方式是送限量版的礼物——茜香国女国王上贡的大红汗巾子。这可不是普通的汗巾子，这是皇室用品，夏天系着不仅不出汗，而且还能散发香气，连香水钱都省了，既漂亮又神奇，是一件宝贝。看来北静王比较大方，动不动就用限量版贡品来送礼。

贾宝玉算是个幸运的粉丝，不仅能经常跟偶像一起吃饭，还有幸得到了偶像回赠的礼物。宝玉对蒋玉菡仰慕已久，但一直无缘相见，而且他只知道人家的艺名叫琪官。那时候，不像现在有狗仔队帮我们搜罗明星们的八卦新闻，所以宝玉并不知道琪官的大名叫蒋玉菡。在冯紫英家的一次聚餐上，宝玉偶遇仰慕已久的蒋玉菡，几乎手足无措。为表爱意，他把袭人做的扇坠儿都送出去了。蒋玉菡也不含糊，转手就回赠北静王给的宝贝汗巾，两个人一见如故，可见贾宝玉在蒋玉菡心目中的分量比北静王更重。

薛蟠也是蒋玉菡的粉丝，但他"醉翁之意不在酒"，表达爱慕之情的方式过于露骨，令人难以接受。

无论是北静王、贾宝玉还是冯紫英、薛蟠，对于偶像也只是送送礼，谈谈心，或者一起吃个饭而已，但忠顺王爷追星就追得有点过了，他堪称最疯狂的粉丝，直接把偶像给包养起来。蒋玉菡成了忠顺王笼中的金丝雀，虽然尽享荣华富贵，但是失去了自由，日子未必好过。粉丝们也再没有机会和自己的偶像近距离接触了。但蒋玉菡还是有志气的，千方百计逃出了王府，跑到中央别墅区紫檀堡买了房子和地，从此退出了娱乐圈。

看来当时的娱乐明星收入已经很高，赚的钱够买别墅了。后来贾府衰落，蒋玉菡娶了粉丝兼好友贾宝玉的姨太太袭人为妻，也算是结局圆满。只是不知道贾宝玉知道这消息后，会作何感想。

文武全才柳湘莲

除了科班出身的名角蒋玉菡，业余演员柳湘莲同样大受欢迎。柳湘莲是大户人家出身，但整日不务正业，专爱往娱乐圈里混，吹拉弹唱，无不精通，尤其擅长戏剧。

柳湘莲长相甜美，经常反串演花旦，引来了一些不怀好意的关注，薛蟠便是打歪主意的人之一。

薛蟠心想，蒋玉菡让个王爷包养了，我动不得，你一个没有后台撑腰的小戏子恐怕逃不出我的手掌心，于是他开始百般骚扰柳湘莲，但他哪里知道，这个看似文弱的美男子同样是惹不起的。

柳湘莲假装顺从，把薛蟠约到城外，那呆霸王深信不疑，屁颠屁颠地就赶去赴约了。结果好事没做成，反而挨了一顿痛扁，原来柳湘莲除了戏唱得好，武功也十分了得，是一位好打抱不平的侠客。但柳湘莲的率性而为，也让他错失了一段美好的姻缘，性情刚烈的尤三姐因为他冲动的言论自刎而死，柳湘莲悔恨交加，最后出家当了道士。

在《红楼梦》时代，像蒋玉菡、柳湘莲这样的演艺人才不在少数，虽然在台上受到欢呼，得到追捧和赏识，但因为当时的演艺事业根本没有独立生存的空间，没有市场化运作的手段和保障，所以，再大的才艺和名气都无法改变他们附庸权贵、寄人篱下的现实状况，更不可能有今天演艺明星们的精彩生活。

贾府的女子十二乐坊

贾府这样的人家，也经常要请外来的戏班子办堂会，他们觉得花费太大，还不如自家组建一个艺术团划算，随时备着，节目的形式、内容还可以根据主子们的喜好随时更换。由此可见，设立私家剧团也不是什么新鲜事儿，而是早有惯例。趁着元妃省亲，这一计划终于得以实施。

贾蔷从苏州买来12个女孩子，天生丽质，无论是相貌、身段还是嗓音都各有天赋，是未来明星的料儿。为了让她们早日成才，他请了专业的老师来教导，连薛姨妈都委屈自己，将梨香院腾出来作为乐坊的教室。另派家中演出经验丰富的老演员专门进行一对一辅导，这样一个私家班子便初见雏形了，这一齐备下来竟花了3万两银子。

女子十二乐坊首演便大获成功，元妃省亲的当晚，她们只演了四出戏，便得到了元妃的赞赏。这群十来岁的孩子们，经过精心的调教，已经显露出明星大腕的风范，将古代戏曲的魅力，表现得淋漓尽致。比如元宵

买了雀儿给你玩，省得天天闷闷无个开心。

你分明是弄了它来打趣形容我们！

夜宴时，"芳官唱一出《寻梦》，只须用萧和笙笛，馀者一概不用"。可见她们的唱功了得，个个都是实力派。

通过《红楼梦》里的描写，我们可以发现当时的娱乐圈尽管有着严格的管束，仍然无法避免一些不良风气的滋生，艺术团总领队贾蔷便"潜规则"了旗下的艺人龄官。

龄官是个不经人事的小姑娘，她对风流倜傥的贾蔷动了真情，但最终被贾府遣散，下场不得而知。十二乐坊的其他成员有早死的，如菂官，死时尚未成年；有被驱逐赶出的，也有受尽屈辱的，如芳官，因为长相妩媚，被王夫人嫉恨，常常挨骂——

"唱戏的女孩子，自然是狐狸精了！上次放你们，你们又懒待出去，可就该安分守己才是。你就成精鼓捣起来，调唆着宝玉，无所不为！"

可叹繁华如梦，曲终人散。

火爆的文物市场

如今的文物市场非常繁荣，捧红了一批专家和文物鉴赏、收藏之类的电视节目。而愈演愈烈的文物拍卖，更是吸引着大众的眼球，动辄上千万的交易数额害得很多人都染上了红眼病。

古董的价格和当时的经济繁荣程度是成正比的，经济越繁荣，古董的价格越高，这就是古董指数。有句话叫盛世古董，乱世黄金。如果是兵荒马乱的谁还要古董呢？赶紧要揣点黄金、揣点银子买粮食。以"康乾盛世"为背景的《红楼梦》，文物市场自然火爆。尤其像贾府这样的豪门望族，其藏品的数量和质量都是令人惊叹的。书中第五回写到秦可卿卧室的摆设，简直称得上一个小型博物馆。难怪秦可卿不无自豪地说："我这屋子大约神仙也可以住得了。"

秦可卿的住处堪称奢华，其实探春的屋子里同样也是琳琅满目的古董：一张花梨大理石大案，案上垒着各种名人法帖，并数十方宝砚，各色笔筒，笔海内插的笔如树林一般。那一边设着斗大的一个汝窑花囊，插着满满的一囊水晶球儿的白菊。西墙上当中挂着一大幅米襄阳所绘的《烟雨图》，左右挂着一副对联，乃是颜鲁公墨迹，左边紫檀架上放着一个大官窑的大盘。

这还只是秦可卿、探春两处，整个贾府到底会有多少宝贝？贾母的丫鬟鸳鸯曾经透露过。书中第四十回，贾母有意要让乡下老太刘姥姥长长见识，便带着她逛了逛大观园，来到了蘅芜苑，也就是薛宝钗的住处。宝钗屋里的陈设比较简单，贾母看了不太满意，一来有怠慢亲戚，厚此薄彼的嫌疑；二来当着外人面，也怕丢了面子。于是贾母就命鸳鸯拿些古董给宝钗，并亲点了几样，有石头盆景、纱桌屏、墨烟冻石鼎等。这些可都不是普通的物件，一般人家都会视若珍宝，可鸳鸯却说："这些东西都搁在东楼上的不知哪个箱子里，还得慢慢找去，明日再拿去也罢了。"仅此一句，却惹来人无限遐想，贾府的古董文物还不知道有多少呢。

富贵人家为何钟情于古董文物？其实是"富而求贵"，好面子的心理在作祟。拥有几件稀有名贵的好东西自然是一件长脸的事儿，同时作为一种对外区隔的标志，以示不同常人。真正的贵族，讲究出身背景，历代门庭，并不刻意炫耀，喜欢炫耀财富的往往是暴发户。暴发户的习惯是：你露点，我露富。

在晚清时期，人们曾这样形容暴发户："树小墙新画不古，此人必是内务府。"内务府是管理皇家事务的机构，是个肥差，一不小心就会一夜暴富。有钱没品位的暴发户急于表现,大搞面子工程。房子是新盖的,树是新栽的,墙上的画也是新画的仿制品。英语里有个词New Money,是指暴发户,家里的钱都是刚赚的。当然,像贾府这样历时五代、赫赫百年的世家,当然是Old Money,钱都是祖上赚的,除了钱还有很多传世之宝。

你露点,我露富!

《红楼梦》里不乏真正痴迷的文物爱好者。有一年春天,贾赦不知在哪里看到了几把旧扇子,人比人要死,货比货要扔,贾赦回家后看自己家里所有收藏的那些好扇子就都不顺眼了,立刻叫人各处搜求好扇子。谁知道,就有一个混号儿叫做石呆子的人,穷的连饭也没得吃,偏偏他家就有20把旧扇子,都是真迹名作。石呆子虽然生活潦倒,但是个老资历的收藏家,类似现在马未都一样的人物。贾琏好容易打听到这个人，见面之后好说歹说，石呆子才答应把贾琏请到他家里坐着，拿出这扇子略瞧了瞧。贾琏一看，竟然都是绝品，全是湘妃、棕竹、麋鹿、玉竹的，皆是古人写画真迹。贾琏就告诉了贾赦，贾赦一听就要全买下来，要多少银子给他多少。但是那石呆子说："我饿死冻死，一千两银子一把我也不卖！"贾赦急得天天骂贾琏没能耐。贾琏已经出价到五百两银子一把，而且先交银子后拿扇子。这石呆子就是不卖，只说："要扇子，先要我的命！"

这事情不知怎么传到贾雨村那里，贾雨村一想，这可是一次讨好贾赦的绝好机会。于是贾雨村便设了个法子，讹诈石呆子拖欠了官银，把他抓了起来，说所欠官银，要变卖家产赔补，就把这扇子抄了来，顺水人情送给了贾赦。但石呆子因失了扇子疯掉了，后来自杀而亡。贾赦还得意地拿着扇子问贾琏说："人家怎么弄了来？"

真正的收藏家就是这样，视钱财为粪土，视藏品为生命，在这种人眼里，收藏品就是他们的情人知己。他们看到藏品，看到的是情，而不是利。因此，即便没饭吃，他们也不会把自己的"情人"转卖他人。但也有完全相反的一些人，他们通过倒卖文物发家致富。在这些人眼里，古董就是自己挣钱的工具。《红楼梦》里的冷子兴就是当时一位成功的古董商。

冷子兴还有一个身份，他是王夫人的陪房周瑞家的女婿。靠着这层关系，他捞了不少好处，经济状况日益恶化的贾府不断有古董流出，其中大部分都落到了他的手中，所以他才会对贾府的真实状况有着清醒的了解。当然，冷子兴跟贾府的关系也是互相利用的。

　　冷子兴这类人是古董市场中的活跃分子和重要组成部分。不仅如此，那时候的古董商在连着市场的同时，也连着官场。那个时期的官场规定是极其严苛的。地方官和京官不许互相往来，如果京官交结地方官，或者地方官交结京官，严重的是要杀头的。

　　但当时的地方官是一定要交结京官的，因为"朝里有人好做官"。朝里没人，你休想升迁。有结交需求，但又不敢明目张胆地收钱，怎么办呢？找古董商，通过古董商行贿。这种"雅贿"自古有之。后来贾府被抄家，便有一条罪名是结交外官，这和冷子兴这种古董掮客脱不了干系。难怪一心想要巴结权贵的贾雨村，会愿意跟冷子兴结交。

活跃的民间艺术团体

　　诗词艺术是《红楼梦》的重要成就之一，其中最为知名的，便是大观园里组建的艺术团体——海棠社。《红楼梦》里的原创诗歌有一百多首，其中的大多数都是海棠社成员的作品。

　　海棠社的发起人是探春，"务结二三同志盘桓于其中，或竖词坛，或开吟社，虽一时之偶兴，遂成千古之佳谈"。探春号召成立诗社不只是为了消遣作乐，还有更深层次的目的："宴集诗人於风庭月榭；醉飞吟盏於帘杏溪桃，作诗吟辞以显大观园众姊妹之文采不让桃李须眉。"大家闺秀，要的是德才兼备，文学社便成为大观园里的姑娘们一展才华，扬名立万的最佳平台。探春的发议立刻就得到了众人的响应，就连不擅长作诗的李纨也说"前儿春天我原有这个意思的"。

诗社刚一成立就招募到了7个成员，还建立了正式的组织体系，李纨毛遂自荐当了社长，社址也定在了自己的住所稻香村并任命迎春和惜春做了副社长。社里个人的职责也很明晰，两位副社长一位负责出题限

海棠社

前儿春天我原有这个意思的

韵，一位负责誊录监场。诗社每半个月搞一次活动，遇到特殊日子可临时开坛。社长级别的人由于身兼管理事务，日常诗稿创作要求可适当放宽，但主创人员宝玉、宝钗、黛玉和探春必须严格按照相关规定进行写作，以保证作品的整体质量。

海棠社的第一次创作很成功，引得史湘云也报名加入，史湘云自己还争取到了第二期的主办权，取了菊花诗的主题，并一口气拟定了12个题目，由此可见海棠社的创作实力。在众人的苦心经营下，诗社也日益壮大，时不时还会有一些嘉宾来捧场，包括凤姐和薛宝琴等人。

后来海棠社的两位主要领导李纨和探春由于忙于管理贾府的家务，诗社的创作慢慢搁置了，好在林黛玉在众人的支持下又重建了诗社，她还将诗社改名为"桃花社"，使诗社再次运转起来。

海棠社虽然创作了大量诗词，却没有公开出版过一本诗集，这不能不说是一种遗憾。而没有进行市场化运作，是海棠社无法保

持长久运营的重要原因。仅靠兴趣做事，难免缺乏足够的动力和发展的方向，况且维持一个文学社团运营的成本不低。海棠社一开始的经费来源是收取会费，但这些豪门里的公子、小姐们也是按月领工资的，花钱的地方又不止这一项。后来他们实在负担不起，便只好求助王熙凤，那凤姐是何等精明，接济你一两次可以，长期冠名赞助却是不可能的，所以海棠社最终难逃解散的命运。

也曾经有人想要收买海棠社的作品，但却并不是正常的市场行为，而是一些投机分子对权贵者的阿谀奉承，所以并没有造成洛阳纸贵。但是当时的地下图书市场却相当发达，《西厢记》等一些当时的禁书卖得相当红火。除了贾宝玉，连薛宝钗、林黛玉这样长期居于深宅大院的小姐们都人手一本，只不过她们读的都是印刷质量不佳的盗版书。

《红楼梦》里的园林艺术

身处"康乾盛世"的曹雪芹用绝妙的文学语言在《红楼梦》中描绘了众多园林。宁国府的会芳园、荣国府的花园、大观园、江南甄家花园、史湘云家的花园及赖大家的花园等。其中"花柳繁华地，温柔富贵乡"的大观园是《红楼梦》的主要故事发生的场景所在。曹雪芹用如椽大笔，细腻精致地建造起了大观园这座梦中之园。它秀美如画，风情万种，比历史上的任何一座中国古园林更雅致、更精美，因为它比现实中的园林能带给我们更多虚幻的想象，体现出《红楼梦》中众人物的个性与人格。同时大观园的一草一木、一山一水也体现出中国传统园林艺术的特点，既有江南园林的秀美意境，又具帝王苑囿的宏大奢华。

如今要论中国的私家园林艺术，苏州的四大名园当为典范，但它们同《红楼梦》里的大观园相比，都不免相形见绌。苏州园林以精致著称，大观园则无疑将这种精致发扬光大，且规模扩大了数十倍。以大观园的设计之巧妙，布局之严谨，建筑之堂皇，景观之乐趣，称得上中国私家园林艺术的集大成者，以至于全国范围内想要复制它的就有北京、上海、济南、河北正定等地。但是很多仿古建筑只是形似而没有神似，为什么呢？因为没有得到《红楼梦》里那种精益求精的精髓。古代的工匠可能一辈子就打造两个荣国府门口的石狮子，因而精益求精。现在呢，别说用一辈子了，一个月就能做出两个。

大观园如果现实存在的话，可以媲美甚至超越当时的皇家园林，所以才有元妃省亲时的大发感慨：未免太过奢华。中国历史上最知名的皇家园林是被英法联军焚毁的"万园之园"——圆明园。康熙四十八年（1709年），康熙将明代某皇亲故园地址赐予雍正，并题名"圆明园"，至雍正三年（1725年），增添殿堂为听政之所，后来又历经乾隆、嘉庆、道光三朝一共一百余年的不断整修、扩建，才形成了最终占地5200余亩，有150余景的洪制伟建之盛况。据传，曹雪芹曾经在小时候跟随父辈出入圆明园，这成为他绘制大观园蓝图的灵感来源，而当时是康熙朝，他所见识的圆明园，其规模和景况大约跟他笔下的大观园相差无几。而圆明园实际上也从江南的园林建筑中借鉴了大量的设计元素及布局构造。

大观园比当时的圆明园更胜一筹的是它的生动和趣味性，圆明园因为是皇家园林，因此处处都要显出贵重、庄严。而且囿于一些传统礼制约束，难免有些不能尽如人意的地方，而大观园作为私家园林，形式上要灵活得多，变化也多，既有壮观的殿堂为重心，也有一些小巧别致、个性迥异的院落庭所作为陪衬和点缀。造景铺路更是极尽趣味和创新，不受太多约束，勾连相通等都充满了人性化的考虑。

现代商业设计也可以从大观园的设计理念中汲取精华，学习其整体规划布局与稳步换景的高超手法。贾政巡视大观园时，对翠嶂的评价很到位。贾政先秉正看门，只见迎面一带翠嶂挡在前面，贾政道："非此一山，一进来园中所有之景悉入目中，则有何趣？"这座翠嶂其实是用太湖石堆起来的假山，相当于中国府宅大院中的影壁，作用是先挡一下入者的视线，增加入口处的空间层次感，也为稳步换景的景色呈现方法营造了氛围。现代商业空间寸土寸金，更要讲究通过巧妙的隔断来让空间看上去更有层次感。同时，好的建筑，一定要有一个好的名字相配，比如一个很漂亮的建筑,叫小蛮腰惹人遐想,叫大裤衩则有损形象。大观园建成,贾政最头痛的却是品牌命名——

"这匾额对联倒是一件难事。论理该请贵妃赐题才是,然贵妃若不亲睹其景,大约亦必不肯妄拟;若直待贵妃游幸过再请题,偌大景致,若干亭榭,无字标题,也觉寥落无趣,纵有花柳山水,也断不能生色。"

可见,品牌命名是何等重要!

大观园的美还在于它体现出的意境,一房一草、一花一木一石都与人物的性格以及故事发展相融相合,蕴含深意。所以我们的商业设计不能仅为艺术而艺术,而要赋予建筑以品牌精神,把智慧、灵性美、人性、人文、艺术交融在一起,让建筑成为品牌的载体,才能使品牌更加形象地展现在世人面前。

　　《红楼梦》里所展示的艺术成就丰富多彩,虽然在当时的经济条件和社会环境下,无法实现商业最大化,但那时演出、古董、书画等艺术市场的雏形已经出现, 也证明了那并不是一个单薄、呆板、乏味的时代,艺术领域独特、生动、充满趣味。这很值得我们更深入地了解和研究,继承和发扬这些宝贵的文化遗产。

第十一章
继承人

导致贾府衰败的原因有很多，既有经济原因，也有政治原因。由于后继乏人，贾府即使不被抄家，也必然一步步走向衰落。《红楼梦》第二回中，冷子兴说及荣国府，先是提到了贾府暗藏的各种危机，接着他话锋一转——

"这还是小事。更有一件大事：谁知这样钟鸣鼎食之家，翰墨诗书之族，如今的儿孙，竟一代不如一代了！"

这可谓一语中的，本章将详细分析贾府在代际传承上遭遇到的麻烦。

荣国府衰败的根源：继承人不继承

宝二爷的传奇身世让他备受瞩目，他唯一的哥哥死得又早，于是他成为复兴荣国府的最大希望。虽然老爸贾政认定这个抓周时抓了一大把胭脂化妆品的儿子是个好色之徒，但这个含着宝玉出生的帅小伙还是集万千宠爱于一身,尤其是董事长贾母,对他的疼爱之情,简直到了无以复加的地步。

一个豪门家的公子哥,长着一张偶像级的明星脸,全家上下都拿他当宝贝似的宠着,你猜他会养成什么样的性格呢,清高、叛逆?这几乎是不可避免的。贾宝玉还算是富二代里比较和善的,他温柔、富有同情心、有教养、人格健全,对社会公众可以说没什么危害性。但有一点,他没有什么大志向,对家族事业毫无兴趣,对家长设定的生活方式也不认同。这对一心想要复兴家业的贾府来说,绝对是一个灾难,继承人不继承,再大的家业又有什么意义?贾宝玉只管做他的"富贵闲人",却缺乏作为子孙后代的责任感,荣国府的衰落从他抓起胭脂盒的那一刻就已经开始了。

贾宝玉最大的爱好是什么?不是飙车,也不是赌博,而是往女孩堆里钻。他有一句广为流传的名言:"我见了女儿,便清爽;见了男子,便觉浊臭逼人。"用现在的话说,我一天不和美女在一起就浑身不自在,跟男的在一块有什么意思呀。

贾宝玉变成大情圣,贾府的管理者应该负有最大责任。环境造就人,你明知道他天生是个花花公子,干吗还安排他住大观园,整天跟那些妙龄美女住一起?神仙都会动心。如果从小就把他送到寄宿学校,跟姐姐妹妹们离得远远的,丫头也找粗笨一些的,那即使改不掉他花花公子的天性,至

少也不会闹出艳名四播的绯闻吧。

贾宝玉的魅力，除了有钱长得帅之外，还在于他文艺特长突出，尤其文学天赋极高，堪称《红楼梦》里的第一才子。贾政在大观园落成后，找机会试了试贾宝玉的才学，结果技惊四座，广受赞誉。但是贾政实在太严肃了，虽然心里高兴，可不但没有趁机鼓励两句，反而一再责骂。遇上这样的爹也是贾宝玉一生悲剧的根源，他明明弄不了八股文，不好仕途上进，你何苦步步紧逼？就让他"且去填词"，也不至于空得了一位举人，失去了一个诗人。贾宝玉最终看破红尘，出家了。

看来，为人父母的，不要将自己的意愿强加在子女身上，而是要培养他们对自家产业的兴趣。他要是不顺从，更不要强迫，不然会落个鸡飞蛋打。二百多年后的今天，江南的一位富家子弟因为迷上了动漫事业而不愿继承家族生意，被长辈逼急了，竟然举刀自残，剁掉了自己的四根手指，断指以示毫不与父辈妥协。

上梁不正下梁歪，有其父必有其子

《红楼梦》里最让人鄙视的一对父子莫过于贾珍和贾蓉了。他们虽没有大罪恶，做出来的丑事却是人世间少有的龌龊。贾珍年轻的时候就继承了宁国府的爵位，宁国府这一门的大家长贾敬一味地炼丹修仙，因此庞大的家业全落到贾珍一人手中，好不潇洒快活。除了大观园，他这一大院子的姑娘丫头也不少，但却不像贾宝玉那样处处被人盯着管着。贾珍的生活没有压力，他有爵位，不用再去参加科举考试求官，他有庞大的家产，花费再奢侈一辈子也败不完,恐怕他也算是古今以来最让人羡慕的继承人之一了。

贾珍恶名远扬并非由于他的好色、吃喝嫖赌这些恶习。按照《红楼梦》中所写,贾珍好像并没有三妻四妾,但是他偷鸡摸狗尽干败坏人伦之事,最著名的就是跟自己的儿媳妇秦可卿之间的孽缘。

在《红楼梦》里,这却是一件被封杀,没有曝光的丑闻。当事人秦可卿一直大受欢迎,她是最受贾母赞赏的孙媳妇,如果她不死,王熙凤恐怕也没有机会在贾母面前受宠。而且她还受到贾府上下的一致认同。其次,贾珍之妻尤氏没有过激的反应,既没有大吵大闹,也没有挟此报复。虽说尤氏性格平和,但也不至于开明到这种地步,后来贾珍替秦可卿大办丧事,她借病推辞不出,算是小小的抗争了。最令人惊异的是,秦可卿的丈夫贾蓉为何没有反应呢?以上种种疑问其实隐藏着《红楼梦》中最大的秘密。曹雪芹原本用"淫丧天香楼"来记述秦可卿之死,但听从胭脂斋的劝告后,又匆忙改为病死,曹雪芹为何要为一个小说中的虚拟人物大费周章?因为他影射了当世的权贵,犯了忌讳,才不得不删改情节。秦可卿所暗指的到底是什么人呢? 有的红学家认为,秦可卿是一位王爷的女儿,因家里犯了事,从小寄养在贾府。《红楼梦》里有两次关于贾府盛大排场的描写颇为引人注目,一次是元妃省亲,一次便是秦可卿的葬礼。按说贾府死个年轻媳妇，本家人发送发送也就算了，但秦氏的葬礼聚齐了贾府上下、老少三代的所有亲友，法事做了整整七七四十九天。出殡的时候，前来吊唁的官宦贵族不可胜数，四个王爷一齐出动，在送殡的路上搭棚祭奠，这样高规格的葬礼也足以印证秦可卿的身份之尊贵。

高贵的公主被送到贾府这个大染缸里，她的人生从此就改变了轨迹。曹雪芹虽迫于形势，删改了部分情节，但仍然将一些蛛丝马迹巧妙地隐藏在了书中，秦可卿的葬礼上，除了大厅上有一百零八个高僧作法超度亡灵，而且："另设一坛于天香楼上，是九十九位全真道士，打四十九日解冤洗业醮。"道士为什么要在天香楼设坛？又洗解什么冤屈呢？曹雪芹无疑是在告诉我们：秦可卿死在这儿，而且是非正常死亡，不是病死的。《红楼梦》里有两个丫鬟是在主人的葬礼上自杀而死的，一个是贾母的丫鬟鸳鸯，一个便是秦可卿的瑞珠。其实他们都不是因为对主人死忠，心甘情愿去陪葬，鸳鸯是不愿被贾赦继续纠缠，因为贾赦总盘算着纳鸳鸯为妾，而瑞珠是因为撞见了贾珍和秦可卿的好事被逼死的。

曹雪芹给《红楼梦》里的每个主角起名都内有玄机，秦可卿的名字就很玄妙，秦可卿是"情可情"的谐音。"道可道，非常道"，"情可情，非常情"，和自己的公公偷情，秦可卿的孽恋的确非常人之情。《红楼梦》第五回，秦可卿的判词是"情天情海幻情身，情既相逢必主淫"，说秦可卿多情风流，若遇上情种一定会出现越轨行为。而贾珍正是这种越老越风流的情种，在秦可卿死后，贾珍大放悲声，一点也不掩饰自己的情感。

秦可卿的葬礼，从头到尾都是其公公贾珍在主导，丈夫贾蓉只是个陪衬。仪式规格、用物等都是最高标准，连贾珍花1200两银子给儿子买官都是为了让秦可卿死得更荣光一些。

　　封建社会讲究"君君臣臣，父父子子"，意思是说君要像君，臣要像臣，父亲要有父亲的样子，儿子也要有儿子的样子。如果父亲不给儿子做出榜样，儿子就很难学好了，所谓"上梁不正下梁歪"。现在也讲，父母是孩子最好的老师，那么经贾珍这位老师调教出来的贾蓉能是什么样的呢？有其父必有其子，甚至"青出于蓝而胜于蓝"，贾珍给自己的儿子贾蓉戴了绿帽子，贾蓉便跟自己的姨妈尤二姐有一腿，他在爷爷的丧礼期间同女人鬼混，还经常流连于风月场所，吃喝嫖赌样样精通。只不过，任何寻欢作乐的场所，都少不了他爹的身影。一对荒唐父子，满门淫乱故事，最终把宁国府的庞大基业败坏殆尽，还因聚众赌博、强抢民女的罪名，被锦衣军查抄一空。

兰桂未齐芳

　　高鹗续写的《红楼梦》安排了一个颇受争议的结局。在第一百二十回中，他借甄士隐的口说："福善祸淫，古今定理。现今荣宁两府，善者修缘，恶者悔祸，将来兰桂齐芳，家道复初，也是自然的道理。"意思说，荣宁二府经过这一番变故后，将来还是要复兴的，其中的兰桂齐芳又来比喻什么呢？高鹗接着让贾雨村给出了答案——

　　雨村低了半日头，忽然笑道："是了，是了。现在他府中有一个名兰的已中乡榜，恰好应着'兰'字。适间老仙翁说'兰桂齐芳'，又道宝玉'高魁子贵'，莫非他有遗腹之子，可以飞黄腾达的么？"

　　这样写为什么会激起红迷们的愤慨呢，因为它与曹雪芹在前文中的判词发生了冲突。在第五回中，贾宝玉在太虚幻境看到的《红楼梦》总判词"飞鸟各投林"中最后一句写道："好一似食尽鸟投林，落了片白茫茫大地真干净！"在曹雪芹的构想中，整个贾府的结局是非常凄惨和萧条的，完全没有暗示家道复兴之意。另外，薛宝钗的判词"可叹停机德，金簪雪里埋"也是很悲凉的，压根没提到薛宝钗有一个叫贾桂的儿子。

"兰桂齐芳"虽然值得怀疑，但一兰独芳却是有根据的。贾宝玉的哥哥贾珠之子贾兰日后显贵，在曹雪芹的前文中有暗喻，贾兰的母亲李纨在"金陵十二钗正册"中的画像是"诗后又画着一盆茂兰，旁有一位凤冠霞帔美人"，凤冠霞帔，这是受朝廷诰封的命妇装束。李纨是寡妇，她封诰命只有一种途径，那就是儿子能够显达于世。

贾兰的地位按理说也是很高的，他早死的父亲贾珠是荣国府的长子，很有出息，十四岁就考中秀才。贾政痛打宝玉时，王夫人怀念贾珠，说有你活着，宝玉便死一百个我也不管了。可见贾珠当初深受贾府管理层的喜爱。但奇怪的是，他们对贾珠的怜爱并没有传递到贾兰的身上。贾宝玉集万千宠爱于一身，陪侍的丫鬟无数，要钱有钱，要势有势，每日游手好闲也无人敢管。相比之下，年幼的贾兰虽十分乖巧懂事，知书达理，但并未得到任何特殊待遇，甚至整个贾府上下都不怎么关注他。《红楼梦》第五十三回中，荣国府中秋节举行盛大的家宴，贾兰因为没有接到通知，便没有出席。贾母、王夫人等都没有发现，后来还是贾政发现了，派人接了过来。第一百一十九回，贾兰跟叔叔贾宝玉一起去参加乡试，结果考完之后，贾宝玉就失踪了，贾兰急得满头大汗回家报信，却遭到众人的严厉指责，连袭人都哭着骂他："糊涂东西，你同二叔在一处，怎么他就丢了？"贾兰委屈之极，但他毫无抱怨，还不辞劳苦，要去四处寻找。

贾兰在贾府基本是被忽略的，他所倚仗的只有母亲的疼爱。孤儿寡母，靠着李纨一个人的月例，日子过得平淡而冷清，这样的环境却激发了贾兰强烈的上进心，加上李纨教导有方，贾兰不仅勤奋读书，还经常练习骑射，锻炼身体，避免了重蹈父亲因身体原因英年早逝的悲剧。最终贾兰顺利中举，并一路青云直上，富贵显达，不知那些平日里看轻他的族人作何感想。

混世魔王薛蟠

薛蟠虽不是《红楼梦》里的主角，但他知名度却很高，虽然出的都是恶名。薛家在四大家族中财运很旺，但人丁不太兴旺，薛老爹早死，薛姨妈生了一子一女，所以只有薛蟠这个不着调的继承人。薛蟠的坏跟贾府的公子们不一样，贾府的公子哥们只会在家里，在女人堆里使坏，但商界出身的薛蟠显然要复杂得多，因此作恶的程度也严重得多。

书中提及的，牵涉到贾家的这两次故意杀人的恶性案件，都是由薛蟠挑衅引起的，一次为强抢民女，一次为喝酒闹事，都可谓欺横霸道。但是他有点缺心眼，脑子少根弦，老被人蒙骗，喝酒就被灌醉，赌钱就会输光，因此人称"呆霸王"。这个呆霸王还有个癖好，他是个双性恋，男女通吃，后来他去调戏柳湘莲，就挨了一顿暴打。

薛蟠的不成气让薛家多次遭遇了危机。作为大企业，他们薛家虽然有钱，但是社会地位却不高，如果薛家不是结交了几个有

权有势的亲家，薛蟠的官司连累到企业彻底破产都未可知。实际上薛蟠第二次杀人，又因贾家为其摆平免罪，直接点燃了被皇上抄家的导火索。

中西方在对待刑罚上的观念有着很大的不同，中国是"杀人一定偿命，欠债未必还钱"。杀人要偿命是王法，最不容许更改的规则。命案必破，在中国摆平命案是犯王法的。士农工商，商人地位最低，中国传统文化认为"无商不奸"，借贷合同在中国往往要让位于人情世故，借债不还，能

赖就赖。这也是中国商业一直欠发达的原因。西方的观念是什么呢，正好相反，"欠债一定还钱，杀人未必偿命"，杀人有很多种原因，不一定以命相抵，但私人财产神圣不可侵犯，借了债可是一定要还的。

薛蟠的坏绝对是娇惯出来的，他认为杀人也是可以轻易摆平的，这是一个错误的认识，薛姨妈也有这种思想，所以他儿子杀人，她连责备一下都没有，要钱给钱，要人给人。薛蟠作恶，越作越恶，和他母亲薛姨妈的纵容有很大关系。

翻身家奴把官做

赖大是荣国府的大总管，是一个很有实权的奴才。他有自己的花园洋房，还有佣人使唤，如果死心塌地地做奴才，赖大一家肯定过得也不错，但他并不愿意这样。古代大户人家雇用奴仆也是签合同的，这个合同有两种，一种叫死契，等于是买断合同，不但受雇的人终生为奴，而且他的子孙后代都是本家的奴仆；第二种叫活契，是有时间规定的定期合同，雇主没有处置佣人身体的权力，且合同到期自动解除。赖大就属于前者，他自己已经是第三代为奴了，他的儿孙也都应该是贾府的奴隶。但是赖大决定要改变这种状况，他希望自己的后代能够摆脱这种命运，重新建立他们赖家的事业根基，这个被寄予厚望的人就是赖尚荣。

赖尚荣虽是奴隶之后，但因为他主人家大富大贵，他爹又算是个"奴隶之王"，所以他的待遇自小比一般人家的孩子还要好。赖大发现这个儿子酷爱读书，并且还颇有天分，可高兴坏了，心想这不是千载难逢的好机会吗，于是一面尽心尽力供养，送名校，请家教，一面又去求自己的主人开恩，允许他给儿子捐一个功名。就是花钱买一个做官的资格。那个时候，奴隶是不允许做官的，贾府待下人比较宽厚，况且赖家好几代为奴了，没有功劳也有苦劳，就同意了他的请求。赖尚荣不负众望，20岁的时候就当上了国家公务员，后来又是他的主子提携了一下，竟然一下子当上了县长，这可真是鸡窝飞出个凤凰来。虽然在贾府这样的公侯人家看来，州县小吏而已，但是在赖家看来，却是光耀门楣的头等大喜事，为此，赖家还大摆宴席，请贾母等人吃了顿酒。

赖尚荣倒是个做官的料，一直在平平安安地做他的县长。但在高鹗续写的后半部分，有一个非常不合情理的处理，就是赖尚荣对待贾政的态度。贾政送贾母的棺木回南京，路上在京杭大运河的河道上给堵住了，所带盘缠不太够，正好停在赖尚荣的管辖地界，于是派人

去找赖尚荣借500两银子，结果却只借到了50两，赖尚荣还写了封信给贾政，说老爷你也别见怪，我现在经济状况也不好。地方太穷，我官又小，平时自己也是两袖清风，所以没有余财，只能从裤腰带上挤出来50两银子，请大老爷别见怪，别嫌少。贾政看了信那个气啊，什么叫忘本，什么叫白眼狼，他于是让人把钱和信都退回去，叫赖尚荣不用费心了。赖尚荣这才觉得事不好，要添上100两再送。可是贾政已经完全不给他机会了，赖尚荣见得罪了主子，吓得连官都不敢做了，连累在贾府的赖家都请了假去避难。

高鹗为了表现贾府"墙倒众人推，树倒猢狲散"的凄惨，安排了这样的情节。但是并不通常理，首先，赖尚荣知道得罪不起贾政，就算贾府衰败了，对付他一个小小的七品芝麻官也是很简单的事情，况且他的卖身契还捏在人家手里。其次，赖尚荣不可能没有钱，他的官是花钱捐来的，何况三年清知府，十万雪花银，他不可能连这点钱都拿不出来。

　　《红楼梦》里二代们的成长轨迹跟生活环境有很大的关系，其实无论有权有势的四大家族，还是身份低微的赖家，处境都有相同的地方，他们其实都是做奴才的。兴衰荣辱，生杀予命都不是自己能够做主，只不过贾家是皇帝的奴才，而赖家是贾家的奴才，主人不同而已。但史贾王薛四大家族的继承人只看到家里的荣华富贵，歌舞升平，却看不到隐藏其中的危机和隐患，缺乏改变现状的动力，自然就没有上进心，而赖尚荣这样出身的人，从小见惯了父辈们低眉顺眼、忍气吞声，自然心有不甘，正所谓"知耻而后进"。

　　现在有一种说法，说中国的年轻人正式进入了"拼爹"时代，父贵子荣，父贱子轻。

拼爹时代

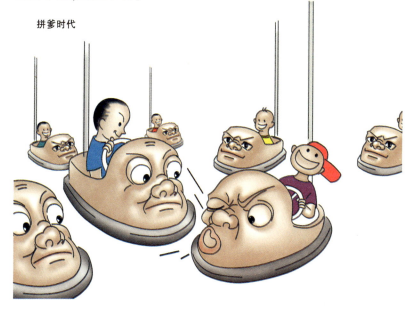

　　《红楼梦》里的二代们也在"拼爹"，贾宝玉的爹过于严苛，不懂变通，把他逼得半疯半傻，最后被和尚拐走出家去了；贾蓉他爹倒是好玩，只是干什么坏事都带着儿子，果然"虎父无犬子"，也调

教出来个优秀的流氓；薛蟠比较惨，他有娘生，没爹管，才变得无法无天，不知天高地厚；赖尚荣的爹虽然文化水平不高，但对后代的教育非常重视，平时父子俩沟通也不错，在关键时候他爹还有很实用的关系，所以他一路顺风顺水，他爹的功劳最大。

第十二章
情 商

"满纸荒唐言,一把辛酸泪,都云作者痴,谁解其中味",这不仅道出了曹雪芹的坎坷人生路,也隐喻了《红楼梦》里的人生百态、人情世故。《红楼梦》里的芸芸众生,命运各不相同。才华横溢的不一定有个好结局,懵懵懂懂的却可能善始善终,这可有一种解释,那就是情商的高低决定着一个人的成败。所谓情商是指人在情绪控制、人际关系管理等方面的心理素质。成功的人士总是善于控制自己的情绪,他们不光有高智商,还有高情商。高情商的人十之八九都能成功,而情商不高、智商高的人一定不能成功。《红楼梦》里的许多人都被低情商所累。

晴雯篇

晴雯是《红楼梦》众丫鬟中智商最高的,人也长得漂亮,但晴雯的情商也是最低的,她不懂得合理控制自己的情绪,时常顶撞领导,更不懂得和同事搞关系。她仗着自己是贾董事长派来的,不顺心的时候,甭管你是谁,她都一概不理睬、不忍让,把公司的领导全都得罪光了,而且遇见谁都斗志昂扬。这也导致了她和袭人命运的天壤之别。虽然同是宝玉最喜欢和最信赖的两个秘书,但一个被解雇含冤惨死家中,一个则嫁给了当红的明星。同人不同命的原因就在于,晴雯的情商太低了。

冲撞顶头上司

晴雯最爱干的事就是和人抬杠。有一次她正在和一个同事拌嘴,刚好薛宝钗来看宝玉,她就顺势把气撒在了薛宝钗头上。跑到院子里指桑骂槐说薛宝钗三更半夜搅了自己休息,而恰巧林黛玉也来看宝玉,刚敲了几下门,晴雯的脾气就来了,隔着门就吼着让她明天再来,等到林黛玉说:"是我,还不开么?"她的火终于大爆发了:"凭你是谁,二爷吩咐的,一概不许放人进来呢!"这句话一下把林黛玉给呛回去了,气得林黛玉站在门外哗哗地落泪。

这还不算,没过几天,她一不小心就把扇子给摔坏了。宝玉刚说她两句,她就直眉瞪眼和他大吵起来,还旁敲侧击地把袭人一块给捎带上了,气的宝玉扬言要炒晴雯鱿鱼。要不是宝玉怜香惜玉,估计早让她卷铺盖走人了。等晚上宝玉吃酒回来,和晴雯开玩笑说:"比如那扇子原是搧的,你要撕着顽也可以使得,只是别生气时拿他出气。就如杯盘,原是盛东西的,你喜听那一声响,就故意砸了也是使得的,只是别在气头上拿他出气。这就是爱物了。"晴雯听了,笑道:"既这么说,你就拿了扇子来我撕。我最喜欢撕的声儿。"宝玉听了,便笑着递与他。晴雯果然接过来,嗤的一声,撕了两半,接着又听嗤嗤几声。刚好麝月经过,宝玉把麝月手中的扇子也递给了晴雯,晴雯接过扇子也刷刷撕烂了,惹得麝月大为光火。晴雯任性、火爆的性格特点由此可见一斑。

辱骂资深老同事

晴雯连领导都不放在眼里,同事就更不用说了。当王夫人让王善保家的抄检大观园时,晴雯就当着众多领导和同事的面把王善保家的骂了个狗血喷头。俗话说"打狗还要看主人",尽管晴雯知道她是邢夫人身边的红人,但还是一点情面都没留。估计她平日里和这位老同事也关系紧张,所以在查抄之前,王善保家的特意向王夫人打小报告说:"别的都还罢了。太太不知道,一个宝玉屋里的晴雯,那丫头仗着他生的模样儿比别人标致些,又生了一张巧嘴,天天打扮得像个西施的样子,在人跟前能说惯道,掐尖要强。一句话不投机,他就立起两个骚眼睛来骂人,妖妖调调,大不成个体统。"

这一说不打紧,本来不认识晴雯的王夫人一下就记起了往日她"水蛇腰,削肩膀"在大观园里骂小丫头的情景。她一副刁蛮模样,任谁也不会把她这个小姑娘往好处想。王夫人也认定晴雯肯定会带坏宝玉,于是就借这次抄检大观园的机会把当时重病在床的晴雯赶出了贾府。

如果晴雯平日里能和和气气,情商稍微提高那么一点点,也不会有王善保家的谗言,王夫人肯定不会特别关注晴雯,更不会生出后来的事端。结果自己还落得个把性命都给丢了的下场。后来在民间也有一句俗话,小姐身子丫鬟命,说的就是晴雯这一类心比天高、命比纸薄的人。

林黛玉篇

林黛玉的情商用书里的话来说是"孤高自诩，目无下尘"，而且非常不合群，恃才傲物，谁都看不起。林黛玉的情感异常脆弱，月缺流泪、花落伤心，"无事闷坐，不是愁眉，便是长叹，且好端端的不知为了什么，常常的便自泪道不干的"。一年四季悲悲戚戚，都把自己的身体搞坏了。

林黛玉本来就体弱多病，又整天哭哭啼啼的，难怪贾老太太后来改变主意，把宝钗许配给了宝玉。三国时的刘备哭来了江山，林黛玉却哭丢了少奶奶的位置，看来这哭的学问是很深奥的。

林黛玉不光泪腺发达，嘴皮子功夫也是相当了得，常常嘴上不饶人。《红楼梦》前八十回里，林黛玉和贾宝玉的恋人关系在大观园里已经公开，林黛玉作为未来的少奶奶几乎成了板上钉钉的事，就连贾母和王夫人也都十分看好宝黛配。林黛玉自己也沾沾自喜，常常"高烧"过了头，仗着自己有贾母和宝玉撑腰，对同事和下属经常恶语相讽，很不得人心。就连宝玉的首席助理袭人对她都颇有微词。

不仅如此,她和同级别的宝钗关系搞得也不怎么样,林黛玉喜怒必行于色心里藏不住任何事。凡是听到宝玉夸赞薛宝钗就会醋意大发,说话夹枪带棒。林黛玉的刻薄也为她的爱情失败埋下了祸根。贾母到清虚观祈福时,张道士送了一盘子贺物,其中有一个麒麟。贾母看到后感觉很脸熟但一时记不起谁戴过,宝钗提醒她说是史湘云,探春夸赞宝钗心思细腻,记性好。黛玉听到后当着贾母的面挖苦宝钗说"她在别的上头心还有限,惟有这些人带的东西上,她才留心呢"。宝钗听见了却假装什么都不知道,贾母当时也听到了,她对这两个准孙媳妇心中立刻有了高下之判。

黛玉看到别人落魄时也常常表现得得意洋洋,口中还不忘挖苦几句。宝玉挨打后,宝钗误以为是自己的哥哥薛大傻子告的密,和他理论时被对方以"金玉配"的事气得整整哭了一夜,第二天恰巧被黛玉看到——

黛玉见他无精打彩的去了,又见眼上好似有哭泣之状,大非往日可比,便在后面笑道:"姐姐也自己保重些儿。就是哭出两缸眼泪来,也医不好棒疮!"

王熙凤篇

凤姐失败的原因也是由于低情商,这也导致她最后众叛亲离,在绝望和寂寞中死去。

王熙凤在贾府里是得罪人最多的,她从来不把基层员工放在眼里,更不要谈什么尊重和关爱了,连自己的贴身丫鬟,她都时常辱骂。别的丫鬟如果稍有过失她更是大动干戈，并且手段毒辣残忍，"垫着磁瓦子跪在太阳底下，茶饭不给"，严重时很可能连性命都保不住。王熙凤为了满足自己的私利，还克扣员工的工资和福利，连自己老公的助理都说她是"嘴甜心苦，两面三刀；上头笑着，脚下使绊子；明是一盆火，暗是一把刀"。

我是大姐大

仗着自己有权，王熙凤做事从不计后果，一切都由着自己的性子来，当她得知贾琏偷娶了尤二姐后，就跑到宁国府找尤夫人大吵大闹，弄得尤夫人脸面尽失。不仅如此，她还设计把尤二姐腹中的胎儿打掉，逼得她吞金自杀。

王熙凤和自己娘家人的关系搞得也很僵，当他的哥哥王仁收到她的死讯前来奔丧时就曾对巧姐说："你娘在时，本来办事不周到，只知道一味的奉承老太太，把我们的人都不大看在眼里。外甥女儿，你也大了，看见我曾经沾染过你们没有？"

从这些话语中，我们可以看出王熙凤生前和娘家人的关系都搞得不好，这也为王仁预谋拐卖巧姐埋下了仇恨的种子。

贾宝玉篇

大观园里的交际爷

从晴雯、林黛玉和王熙凤的最终结局，我们可以看出，高智商的人如果没有高情商，最终往往以失败收场。贾宝玉也是一位高智商者，但他在生活中表现得就相当成功，主要在于他拥有很高的社交商。社交商的基本要素有两个：第一是善于倾听，第二是沟通互动。智商决定了你能否找到工作，情商决定了你能否升职，社交商则决定着朋友的多少，是否广受欢迎。

贾宝玉在大观园里最受欢迎，可以说是老少咸宜，上下通吃，谁见了都喜欢。这小伙子模样长得阳光又帅气，天生一副明星像，偶尔还娘一下，自然粉丝众多。宝玉身为荣国府未来当家人，日常的社交活动很多，也经常和情投意合的富二代们走动。冯大将军的儿子冯紫英在家里开party就盛邀贾宝玉前去捧场，还特意请来了当时的电影明星蒋玉菡助兴。贾宝玉的酒量可谓是海量，对酒场的礼仪和玩法也十分精通，为了活跃现场的氛围，他还建议大家来个酒令——

听我说罢：这么滥饮，易醉而无味。我先喝一大海，发一新令，有不遵者，连罚十大海，逐出席外与人斟酒。

等得到大家的赞同后，宝玉拿起酒来一气饮干。你看这喝酒的豪爽劲，一帮人一直闹到大晚上才回家。

贾宝玉酒量是从小陪贾母喝酒练出来的，他的酒局也从不间断，刚在冯紫英家与薛蟠喝酒没过几天，薛蟠又请他去喝酒，宝玉也因此结交了不少当时的名流子弟。秦可卿出殡时，送葬队伍在路上遇见北静王，贾府里那么多人，他却唯独召见了贾宝玉，并且第一次见面就把皇上御赐的念珠送给了他，还盛邀宝玉以后常到自己府上参加party，两人此后就称兄道弟，交情日深。

下属眼里的朋友

贾宝玉的社交圈不仅仅局限于富人圈，公司的同事和下属也都是他的好哥们。自从满月时抓了个脂粉，宝玉就被自己的老爸说成是酒色之徒，从此对他左看右看都不顺眼，认定他将来肯定不着调。事实上宝玉是相当有才华的，大观园刚竣工时，贾政和自己的宾客要为园里的景区题名，宝玉就借此在众人面前大展了身手，后来元妃省亲时还对他所题的匾额及对联大加赞赏。

宝玉这次露脸成功和他老爸身边的跟班有一定的关系。当宝玉在大观园中题完名字从院中出来时，便被贾政身边的"几个小厮上来拦腰抱住"，说："今儿亏我们，老爷才喜欢，老太太打发人出来问了几遍，都亏我们回说喜欢。不然，若老太太叫你进去，就不得展才了。人人都说，你才那些诗比世人的都强。今儿得了这样的彩头。该赏我们了。"宝玉笑道："每人一吊钱。"众人道："谁没见那一吊钱！把这荷包赏了罢。"说着，一个上来解荷包，那一个就解扇囊，不容分说，将宝玉所佩之物尽行解去。这一系列动作足以看出，宝玉与公司员工的亲密程度，他把这些下属全当成了自己的哥们，难怪宝玉每次在贾府里闯祸时都有人暗中通风报信。

贾宝玉不光会收买老爸身边的人，还特别善于和自己的下属搞关系。你看他的小秘书袭人对他的忠心真可谓是上表日月，她对宝玉比对自己的老公还体贴。其实宝玉对她来说和自己的老公也差不到哪去，宝玉也特别会笼络她，他知道袭人特别爱喝茶，就把别人送给自己的茶特意给袭人留了一份。当得知自己的奶妈偷吃了，就大发雷霆把人给训斥了一顿，毕竟这袭人是董事长派过来的，要是不把她笼络好了，以后自己犯了什么事，她还不直接向上汇报啊！到时候自己可就吃不了兜着走了。

贾董事长身边还有一个红人，就是她的侄孙女史湘云，不过她也被贾宝玉给拉拢过来了。贾母携府里的女眷到清虚观去烧香，张道士为了讨好贾母就借宝玉之名赠送了一盘子器物，贾母无意间看到一个赤金点翠的麒麟，说好像在哪看到过。经宝钗提醒，她知道史湘云有一个，宝玉听到后就偷偷把那个麒麟揣到了自己的手里，还四处环顾了一下，跟做贼似的，最终还是被林黛玉看见了。好在她成全了宝玉，你看在自己的准老婆面前偷腥，要担着多大的风险啊！

宝玉还特意把这个麒麟戴在自己的身上，第三天史湘云来见他时，他迫不及待地说："你该早来，我得了一件好东西，专等你呢。"

宝玉的用心由此可见一般，因此史湘云对他也一直敬爱有加。

从大观园到送麒麟，贾宝玉把董事长和总经理身边的人都拉拢过来了，他的宝座想不稳都难。

与人为善

宝玉是个老好人，他在公司里也从来不树敌，贾环虽然是自己的弟弟却是自己老爸和小三所生，所以公司上下对他都是爱搭不理的。但贾宝玉为了对外树立自己平易近人的形象，并没有因此而对他百般刁难。一次贾环和丫鬟赌钱输了就耍赖，俩人大吵了起来，正巧被贾宝玉看见。贾环原以为自己会被狠狠地骂一顿，搞不好还会给个处分，但宝玉问明缘由后并没有对他恶言相训，反倒对他和颜悦色，为什么？因为贾宝玉作为未来的继承人，知道威权不是治人的长久之道，反倒给别人留下以大欺小的话柄，书中第二十回是这样写的——

他想着："弟兄们一并都有父母教训，何必我多事，反生疏了。况且我是正出，他是庶出，饶这样还有人背后谈论，还禁得辖治他了？"

贾宝玉很懂得处世之道，但他对贾环的忍让和疼爱并没有收到很好的效果，毕竟贾环母子俩对继承人的宝座觊觎已久，恨不得宝玉一命呜呼。贾环就曾几次下毒手暗害宝玉，他故意将蜡油泼到宝玉的脸上，差点将宝玉毁容。还向贾政进谗言说是宝玉强奸金钏未遂才导致她跳井身亡，结果贾政把宝玉打得半死不活。

和稀泥的和事佬

贾宝玉不光处处与人为善，还到处和稀泥充当和事佬，也因此使他手下的人和身边的朋友少了很多不必要的麻烦。

宝玉挨打后，薛宝钗特意拿了丸药来给他治疗，当听到袭人说，是薛蟠调唆别人告的恶状时，他赶忙止住袭人道："薛大哥哥从来不这样的，你们不可混猜度。"

你看看，自己的屁股都快开花了还不忘为别人着想，生怕薛宝钗多心，自己得罪了别人。

当史湘云因为薛宝钗赠送袭人戒指的事大大夸赞她时，贾宝玉忙把话题岔开了。史湘云一口就说出了他的心思，原来他是担心被林黛玉听到后醋意大发，所以只得从中和稀泥，让大家都相安无事。好在他这样做了，要不让窗外听着的林妹妹不知又要徒增多少眼泪了。

薛宝钗篇

《红楼梦》里的情商后

贾宝玉虽然善于搞人际关系，但他在情感方面的自控能力却稍为欠缺一些，偶尔还和同事闹出绯闻，使他险些丧命于自己老爸手中。相比之下薛宝钗就理性得多，如果要评选《红楼梦》里的情商后，非她莫属。

薛宝钗是情绪管控高手中的高手，她不仅对自己的情绪有清晰的认识，还能妥善管理，进行适当的调控。

她从来不对下属发火或者大声指责，更不会为鸡毛蒜皮的小事和别人争得面红耳赤。不像黛玉稍不顺心就拿手下人开刀，还时常把别人的好心当成驴肝肺，仗着自己是公司准少奶奶就有恃无恐，唯恐别人不知道自己的地位和身份。

女人都不喜欢胖，除了唐朝以肥为美外，恐怕没有哪个女人愿意别人说自己胖，尤其是被自己喜欢的男人说。第三十回中，薛宝钗因为怕热在听戏中途退了场，贾宝玉无意间对薛宝钗说"怪不得他们拿姐姐比杨妃，原来也体丰怯热"。宝钗听了，心中大怒，想要怎样，又不好怎样。她回思了一回，脸红起来，便冷笑了两声，说道："我倒像杨妃，只是没一个好哥哥好兄弟可以作得杨国忠的！"顺势给自己找了个台阶下。

薛宝钗对林黛玉的冷言恶语通常都充耳不闻，很少和她发生正面冲突。宝玉挨打后，黛玉看到薛宝钗无精打采，眼镜哭得像个灯泡似的，就在后面公开的嘲笑她，但她依旧"并不回头、一径去了"。

薛宝钗作为未成年少女，面对林黛玉几次三番的挑衅都坦然处之，熟视无睹，她的忍耐力和情绪的自我调控能力相当了得，这与林黛玉的刻薄形成了鲜明的对比。

明知山有虎，偏向虎山行

薛宝钗的自信也是超一流的，并且她还从不自负，对自己有清醒的认识，意志力和抗压能力也很高。

薛宝钗在老爸死后独当一面，撑起了家族的一片天。为了重振家业，不远千里来到京城，成功打入贾氏家族。她深知自己是个外来户，和林黛玉相比，资格没她老，血缘也没人家亲。林黛玉是董事长的外孙女，自己不过是副董事长夫人的外甥女。薛宝钗对自己的实力和现状很清楚，但并没有妄自菲薄，也没有知难而退，而是"明知山有虎，偏向虎山行"。她处处留心寻找自我表现的机会，把身边的领导和同事都争取过来。

金钏投井自杀时，王夫人要为她找两件新衣服做装裹，刚好没有新做的衣服，虽然她知道林黛玉那有刚做的，但却只和薛宝钗商量——

"只有你林妹妹作生日的两套。我想你林妹妹那个孩子，素日是个有心的，况且他也三灾八难的，既说了给他过生日，这会子又给人去装裹，岂不忌讳？"

宝钗忙道："姨娘这会子何用叫裁缝赶去？我前儿倒做了两套，拿来给他，岂不省事？况且他活的时候儿也穿过我的旧衣服，身量又相对。"

她还笑着对王夫人说自己不忌讳，并且主动回自己房里去取，这样懂事的儿媳妇谁不喜欢。

宝钗知道贾母是贾府里的最高决策者，就处处讨好贾母。她过十五岁生日时，当贾母问她爱听什么戏，爱吃什么东西时，她"深知贾母年老，喜热闹戏文，爱吃甜烂之食，便总依贾母往日素喜者说了出来。贾母更加欢悦"。后来在商讨宝玉的婚事时，我们也可以看出，贾母是很喜欢宝钗的。

对同事，薛宝钗也是处处留心，给予无微不至的关怀。

史湘云虽然是董事长的侄孙女，却嫁了个穷老公，自个还当不了家。家里为了省钱连保姆都舍不得多请几个，绣鞋、缝衣裳的针线活，都得自己亲自上手，还经常熬夜加班。薛宝钗得知后，就主动替她分担工作，有一次袭人请史湘云帮忙给宝玉做鞋，薛宝钗也主动把活揽过来了。不仅如此，她还借花献佛把史湘云送给自己的戒指给了袭人，史湘云直夸她："我天天在家里想着，这些姐姐们再没一个比宝姐姐好的。可惜我们不是一个娘养的。我但凡有这么个亲姐姐，就是没了父母，也是没妨碍的。"

能把别人自己的父母都比下去，这个情商水准着实不简单，难怪她成了贾府里人缘最好的人。

薛宝钗最失败的表现

薛宝钗虽然情商很高，深谙处世之道，但却做了一件最愚蠢的事。我们知道，一个情商很高的人是绝不会把自己的价值观强加于别人的，但薛宝钗在这方面就犯了大忌。她经常劝宝玉去考科举，将来当个国家公务员，不仅体面，福利待遇也好，再加上他们家的家庭背景，将来搞不好还能进朝廷谋个好差事。

贾宝玉对薛宝钗的规劝很反感，直说她是"国贼禄鬼之流"，说的是"混账话"。尽管薛宝钗精明能干，但宝玉却独爱从不劝他的林黛玉，如果薛宝钗不把自己热衷仕途的想法强加于宝玉，整天唠叨个不停，保不准两人早过上了幸福美满的生活，宝玉也不至于放着好好的老板不当了。

袭人篇

万人迷花袭人

袭人和晴雯同是宝玉最喜欢的、最信赖的秘书,她们二人也都是从董事长身边调迁到宝玉身边的。论智商晴雯比袭人要略胜一筹,也颇受董事长贾老太太的赏识,但两人的命运却有着天壤之别,一个含冤惨死家中;一个则嫁给了当红的明星,为什么?关键在于两人的情商水平相差太远,几乎和她们的智商成反比。

最称职的秘书

袭人作为宝玉的秘书应该是称职的,她设身处地为自己的领导着想,为他们排忧解难。王夫人作为公司的总经理,最担心的就是自己的宝贝儿子被身边的丫鬟教坏了,不入正途。当宝玉因为金钏的事被贾政毒打后,袭人并没有去安慰王夫人,反而对人说贾宝玉早就该被好好修理修理了,要不真就上房揭瓦了,指不定干出什么出格的事,等哪天真要是捅了个大篓子恐怕就晚了。她还建议把宝玉搬出大观园,和公司里的女同事分开住,这样才能万无一失。这一下正好说到总经理的心坎上,她顿时直喊袭人为"我的儿",还直夸她心胸宽广,想得周全,搞得袭人云里雾里的。最后王夫人当机立断"我就把他交给你了,好歹留心,保全了他,就是保全了我。我自然不辜负你"。你看领导对她多信任,殊不知袭人和她的宝贝儿子早就有了夫妻之实。相比之下,晴雯真是比窦娥还冤,本来和宝玉啥事没发生,却被总经理一口咬定勾搭了自己的儿子,真是跳进黄河也洗不清了。

　　从贾宝玉、薛宝钗和袭人的身上我们看到了情商对于成功的重要性。在人们对智商和情商研究中也得出了两个数字,一个人的成功,智商占20%,情商占80%。可见高智商的人未必是个成功者,但高情商的人十之八九却是个成功者,人与人之间的情商并没有明显的先天差别,如果能把握情商的要领,去进行合适的训练,就一定能成为一名情商高人,同时也能成为一个公关能手。

第十三章

公　关

公关的目的是让拥护者越来越多,反对者越来越少。谁是贾府里的公关高手呢?是未见其人,先闻其声的王熙凤?是老于世故,心机深重的袭人?又或是左右逢源,装疯卖傻的刘姥姥?让我们来一探究竟。

凤姐公关,名不虚传

一句话甜死一帮人

说起公关能力强的人物,第一个让人想起的便是那个八面玲珑,精明强干,"粉面含羞威不露,朱丹未启笑先闻"的王熙凤。

王熙凤的公关特点是典型的向上公关、向上管理。她深谙讨好上级领导之道,溜须拍马,无不用其极。而对下属,她却是杏眼圆瞪,趾高气扬,整个一母老虎的造型。这就造成了凤姐在上级面前屡受夸奖,在下级面前却骂声连连。凤姐只爱公关上面,而不爱公关下面,凤姐的公关是上得去,下不来。

凤姐嘴巴不饶人,脸酸心硬,但凤姐最大的本事是见人说人话,见鬼说鬼话。凤姐每次在重大场合发言都兼顾上下左右,让每个人听了都心里舒坦。凤姐的社交语言已经是出神入化,炉火纯青了。林黛玉初进贾府和凤姐第一次相见,凤姐当着众人的面对黛玉的夸奖,看似不经意,实则大费心机,凤姐是这么说的——

"天下真有这样标致的人物,我今儿才算见了!况且这通身的气派,竟不像老祖宗的外孙女儿,竟是个嫡亲的孙女儿……"

这番话说得滴水不漏,方方面面都照顾到了。王熙凤一上来就用到"天下"这么夸张的语言,表示自己是第一次见到这么标致的人儿,把黛玉捧上了天。刚来贾府的黛玉,年纪十二三岁,听完这些蜜语甜言,怎能不开心呢。话说到这儿还不算完,你夸黛玉美,岂不是说我们贾府内无人拿得出手!贾府四姐妹可不开心。于是,凤姐果断地加上了后半句台词,说黛玉的气质,完全就像是贾母的亲孙女,这让3个亲孙女心里瞬间也乐开了花。当时在场的惜春、迎春、探春和贾府的长辈们也纷纷听得那叫一个舒坦,心里都美着呢。而位高权重的贾母本就喜爱黛玉,现在听凤姐这么一说,更是笑得

天下竟有这样标致的人儿!

合不拢嘴了。

这短短的几句话，却能讨得每个人欢心，尽显王熙凤的说话技巧。

软硬两手抓，向上管理法

王熙凤之所以能掌握贾氏企业的真正管理权，一是因为亲上加亲的双层姻亲关系以及董事长贾母对她的万般宠爱，另一方面就是她出类拔萃的管理能力。而凤姐显然更注重软实力的提高。让我们来看看她的向上管理手段。

俗话说千穿万穿马屁不穿。清代大才子袁枚20多岁就考取了功名到地方任县令，在赴任前特意去向恩师尹文瑞辞行。老师谆谆教诲袁枚："你年纪轻轻就受到朝廷重用，做事一定要谨慎周全做好充分准备。不知你此次赴任都准备了些什么？"袁枚笑着说："恩师，我并没有准备太多的东西，就是100顶高帽子而已！"尹文瑞是乾隆时期的重臣，学识渊博，而且品德操守也深受人称道，当他听到袁枚只是准备了100顶高帽子，就很不高兴："年轻人应该脚踏实地，怎么一入社会就搞这些庸俗的东西呢？"袁枚听后毕恭毕敬地说："现在朝廷上下的官员都爱听阿谀奉承之言，人人都喜欢戴高帽子，否则没法在官场上混！毕竟像老师您这样有德行和操守，不喜欢被人吹捧戴高帽子的，普天之下能有几人呢？所以还望老师别见怪！"尹文瑞听后禁不住频频点头，面露得意之色。袁枚从老师那儿回来，同学们问他与老师谈了些什么，袁枚深有感慨地说："我准备的100顶高帽子，还没到任就只剩99顶了。"

而王熙凤也深谙吹吹拍拍的艺术。第五十二回中，贾母说"太伶俐也不是好事"，这时王熙凤天花乱坠地说了一番——

"老祖宗只有伶俐聪明过我十倍的，怎么如今这样福寿双全的？只怕我明儿还胜老祖宗一倍呢！我活一千岁后，等老祖宗归了西，我才死呢。"

又是经典的一句话，一箭三雕。一说贾母聪明伶俐，二说福寿双全，三说贾母万寿无疆。等王熙凤一千岁，那贾母都快成化石了。贾母老听着这些花言巧语，又怎么能不喜欢她呢？口口声声"猴儿，猴儿"的称呼，乐坏了。

在第七十一回中，董事长贾母的生日party上，邢夫人当众给了王熙凤脸色看。王熙凤想也不能败了老祖宗的兴，于是有苦不能说，只能憋屈着，用自己的委屈换来高层的开心。

王熙凤见人说人话，见鬼说鬼话，在对待下属时，王熙凤这只"胭脂虎"就卸掉了胭脂，露出了虎的本性，完全是实行的"铁腕"管理。王熙凤一到宁国府就开始了整顿工作，她对来升媳妇说："既托了我，我就说不得要讨你们嫌了。我可比不得你们奶奶好性儿，由着你们去。再不要说你们'这府里原是这样'的话，如今可要依着我行，错我半点儿，管不得谁是有脸的，谁是没脸的，一例现清白处治。"

王熙凤对员工的态度从这个下马威中就能略知一二。凤姐驰骋职场多年，被她给活活逼死的、害苦的人数不胜数。凤姐对待领导像春天般温暖，对待下属像寒冬般无情。她欺上不瞒下，导致最后交际圈失调，上面对她关爱有加；下面对她骂声四起。

连环计"辣"死尤二姐

一个优秀的CEO，不仅应在企业经营顺畅的时候胜任职责，更要在有危机的时候临危不乱。王熙凤处理危机手法老到，在处理尤二姐一事上表现得尤为出色。贾母在第三回中对黛玉介绍凤姐时这么说："你不认得他，他是我们这里有名的一个泼皮破落户儿，南省俗谓叫作'辣子'，你只叫他'凤辣子'就是了。"于是"辣"成为了凤姐的代名词。而在这一个说大也大，说小也小的事件中，王熙凤将她的"凤辣子"的"辣"展现得淋漓尽致。让我们来分析下这位贾府CEO的处理方式。

虽然王熙凤大权在握，吃遍贾府四面八方，但是另外一个身份依旧还是贾琏之妻。且不说贾琏是怎样勾搭上风情万种的尤二姐，又怎样帮小三在自家附近租了套房子。凤姐是个眼睛里容不得沙子的人，当得知这件事情时，一般人都"是可忍，孰不可忍"，何况自认样样不输人的王熙凤。

之后王熙凤就使用了连环计，一招套一招，让尤二姐无从应付。她先是欲擒故纵——面对小三的家庭破坏，凤姐不哭不闹不上吊，着实显现出高情商才有的精神风貌。她走出贾府，"诚心诚意"地邀请尤二姐进来，"在外面漂泊不是办法，总得有个安定的家啊，做小三不如做妾，也算有个名分"，凤姐的演技的确高超，《红楼梦》第六十八回中的这段描述更是令人心动——

借刀杀人

"我如今来求妹妹进去，和我一块儿，住的使的，带的穿的，总是一样儿的。妹妹这样伶俐人，要肯真心帮我，我也得个膀臂。"

天真烂漫、没有社会经验的尤二姐哪里会知道这位好心肠的姐姐内心险恶

的想法呢？二话不说，尤二姐就搬出了花枝巷，走进了鬼门关。这里又再次显现出了凤姐那无比犀利的公关能力。

王熙凤除掉尤二姐用的是借刀杀人之计——你不是做小三么，我再给你找个小四。于是她就找来了本就与贾琏有说不清理还乱关系的私人助理秋桐，她劝说老爷子贾赦，让贾琏把秋桐收为四姨太，又指使秋桐去挑衅尤二姐，这一招实在毒辣。她一方面让秋桐刺激尤二姐，另一方面又表面做好人，自己"安慰"尤二姐，说各有各的烦恼啊，我这个做大的也很受伤啊。那二姐本就是安于享乐之人，哪里受得了这"水深火热"。凤姐还买通太医，用虎狼之药造成尤二姐流产。尤二姐一看没有指望，没过多久，就吞金自尽了。

大智若愚的公关高手：刘姥姥

王熙凤虽然手段高强，但说到《红楼梦》里真正的高手，当属刘姥姥这个给大家带来无数欢笑的角色。刘姥姥一进荣国府时还只是一个没见过世面年过古稀的乡下老妪。她家中面临破产，吃了上顿没下顿，生活眼看就要过不下去了。但是，刘姥姥心态非常好，她在绝望中看到了希望，想起了"八百年前是一家"的亲戚贾家，因此为全家找到了出路。而这次的公关团队的组合也甚是奇怪，没有刘姥姥年轻的女儿和女婿，却由刘姥姥本人和五六岁的板儿一同出行，这俩弱势群体能干出什么大事呢？"行不行，看疗效"，这组合经过初次验证，还真是带来了意想不到的效果。

　　初进荣国府，她首先要公关的就是身处要职的王熙凤王大总管。这是人尽皆知的"辣妹子"，心较比干多一窍，心思复杂岂能是刘姥姥这肉眼凡胎能看破。而刘姥姥却看到了自己的优势——耐心。大石狮子旁、脚门旁、凤姐侧厅中，都留下了刘姥姥反复踱步的脚印。到了吃饭的时候，板儿伸手要抓鱼去，刘姥姥说时迟那时快，上去就是一巴掌，她嫌板儿耐心不足。另外，刘姥姥会在困境中抓救命稻草，初到贾府，凤姐待刘姥姥甚是傲慢，眼中充满了鄙夷和不屑。这刘姥姥毕竟俗人一个，紧张的话都说不出来了。周瑞家的鼓励她说:"没甚说的便罢,若有话只管回二奶奶,是和太太一样的。"语言加眼色,刘姥姥也是个聪明人,这就明白了其中奥妙。虽然不好意思,但是好不容易来了,我就得说出我此行的目的。表现出来的是战战兢兢、语无伦次,充分体现出了她面对凤姐时的那份畏惧和崇拜,满足了凤姐的虚荣心。

这样的行为,给足了王熙凤面子,凤姐在穷亲戚面前面子摆足了,也就对刘姥姥和善了起来。就这样刘姥姥拿到了20两白银。要知道,袭人这样的大丫头一个月也就2两银子的工资啊。这笔资金,足够姥姥家吃喝一年了。

第一次只是打下了沟通的良好基础,刘姥姥二进荣国府则是名正言顺还礼来了。老人家的神情、举止、言谈为之一变,其表现堪称公关专家,跟谁都聊得特别欢,成了大观园最受欢迎的人。当然欢迎并不只是嘴上说说的。刘姥姥临走时,凤姐、王夫人、贾母等人都送了礼物,这次可不只是20两这样对贾府来说不痛不痒的小数目了。她光银子就拿了108两,外加一车的好东西。有了这些资金,在刘姥姥的运筹下,她家就可以告别贫困奔向小康了。

刘姥姥第一次进荣国府是为了江湖救急,那么第二次刘姥姥来则是报恩来了,给大家捎来了土特产。在书中第三十九回,刘姥姥说道:"早要来请姑奶奶的安、看姑娘来的,因为庄家忙。好容易今年多打了两石粮食,瓜果菜蔬也丰盛。这是头一起摘下来的,并没敢卖呢,留的尖儿孝敬姑奶奶姑娘们尝尝。姑娘们天天山珍海味的、也吃腻了,这个吃个野菜儿,也算我们的穷心"。

刘姥姥见完人,送完礼后,天色暗了,就着急回家。这下可好,CEO凤姐不答应了:"大远的难为她找了些东西来,晚了就住一夜,明日再去。"关键是刘姥姥二进大观园讨得了贾府最高领导人贾母的欢心:"我正想个积古的老人家说话儿!请了来我见见。"这下刘姥姥可大面儿了。一下子能巴结到这两位高层领导，让下面的人们纷纷感慨万千啊。这不，马上就有人来主动巴结了，周瑞家的赶紧给刘姥姥道喜："可是姥姥的福来了，竟投了这两个人的缘了。"刘姥姥这送礼的举动实在是高明，一下子就将一进荣国府时，穷亲戚求阔本家的求助关系，转化为亲戚之间礼尚往来的友好关系。另外，这次刘姥姥还有一大高明之处，就是她礼物的特别。刘姥姥深知贾府势力雄厚，不乏送礼者，山珍海味，金银珠宝，要不是特别出挑早已看不上眼了。于是她便别出心裁，不走寻常路，送了点家乡的瓜果蔬菜的，也让贾母和凤姐知道原来这老人家既懂得人情世故，又朴实善良。因此，贾母才想与这个"积古"的老人家说话儿！

为什么贾母这个贵妇会喜欢和农妇聊天呢？钱钟书在《围城》里写道：城里的人想出去，城外的人想进来。而大观园里也到处存在围城现象：乡村羡慕豪门的尊容华贵，豪门则需要乡村的泥土味；刘姥姥羡慕贾母的养尊处优，贾母则需要刘姥姥的朴实风趣。贾母身为贾氏集团的董事长，大权在握，每天数百人与之见面都得喊声"老太太"、"老祖宗"，阿谀奉承的话更是听到耳朵起茧，她所需要的是刘姥姥这个乡村野人土得掉渣的乡土气息！刘姥姥的那些乡村俗话，即使也是奉承，都让贾母听上去有种田野的新鲜感。

而这正是刘姥姥的长处。正像她老人家自己总结的："不过是现成的本色。"在这富丽堂皇的大观园，刘姥姥虽然有些眼花缭乱，什么都没见识过，都得一样样去重新认识。但她不自惭形秽，更不假充斯文，而是充满自信，始终坚持农家乐的本色，而大观园里缺的正是这个。刘姥姥在大观园里本色演出，只要开口必有笑声，比如"老刘，老刘，食量大似牛，吃一个老母猪不抬头"。

总之，她走到那里，就把笑声带到那里，极大地满足了大观园中人的精神需要。所以大家都鼓励刘姥姥："还说你的本色。"幽默的最高境界是拿自己开涮，刘姥姥为什么广受喜爱，不仅是她扮猪吃老虎，还在于她擅长调侃自己。拿别人开涮那叫讽刺挖苦，林妹妹善于拿别人开涮，所以在贾府并不是很受欢迎。

没有底线的公关者：贾芸

在《红楼梦》里，有王熙凤这般八面玲珑的公关人才，也有刘姥姥这般深藏不露的公关人才，当然也有厚脸皮的公关人才。俗话说：脸皮厚，吃个够。没脸没皮天下无敌。贾芸在公关上颇有些浑不吝的劲。为了实现原始积累，贾芸可谓是无所不用其极。在人们觉得不可思议的时候，人家贾芸已经有房有车有美女了。

贾芸虽然也姓贾，但可不像贾宝玉这般风光。他父亲就没出息，轮到他就只剩下一间房子两亩地了。贾芸是个有上进心，不甘落后的人，通过公关贾府，顺利地搭上了贾家的顺风车。

贾芸这个编外人员为了承包大观园的花木企业，对王熙凤进行了针对性的商业投资。而这一出成功的投资只不过是聪明的贾芸在公关活动上的小试牛刀而已。

而贾芸和宝玉的"父子关系"，靠的就是贾芸的一张好皮相以及豁出去的精神。按辈分来说，贾芸是宝玉的侄子，但是年龄上贾芸还比宝玉长四五岁，但是宝玉见他面容清秀，便说像自己的儿子。这当然是玩笑话。可这话在贾芸听来，这却是一次难得的攀高枝的机会。大树底下好乘凉，谁都知道宝玉是贾府太子爷啊，要是真认这太子爷做了干爹，自己离飞黄腾达也就不远了。于是，贾芸机智地说了这么一番话——

"俗语说的，'摇车里的爷爷，拄拐儿的孙孙'。虽然岁数大，山高遮不住太阳。只从我父亲没了，这几年也无人照管教导。如若宝叔不嫌侄儿蠢笨，认作儿子，就是我的造化了。"

这么一说，宝玉当然开心得找不到北了。虽然最终这认爹之事搁浅了，但是这宝叔叔确实对贾芸喜爱有加。

宝玉之所以喜欢贾芸还因为贾芸有自知之明，到了该找对象的年纪了，宝玉身边姑娘一大堆。而贾芸呢，最后选择了名不见经传的小红。为什么不喜欢别人呢，因为他清楚地知道自己的条件。别说薛宝钗这样的皇商贵族了，就连袭人、晴雯这样的高等丫头他都惹不起。哥没有宝马车，别到我这里哭泣。而小红，一个普通的丫头却非常有能耐，刚好与他凑成天作之合。这是典型的B男找C女，向下结亲成功率高，贾芸最终抱得美人归。

从《红楼梦》里的经典公关案例中，我们可以学到很多商业上，尤其是职场交际的技巧。上文没有提到的另一个公关高手——袭人，作为一名跳槽频繁的高级文秘，她每次转场都非常成功。很多人都是跳槽跳死的，但是袭人在贾母那儿非常受欢迎，把她当知心人。把她派去到宝玉那儿的时候，宝玉所有的生活事务都是她料理的，宝玉也离不开她。这就非常值得学习了，就算当不成杜拉拉，也要做个新袭人吧。

第十四章
危机管理

　　危机管理，既是一门科学又是一门艺术。有句话叫"风起于青萍之末"。任何危机都不是空穴来风，必定有潜伏期、爆发期和扩散蔓延期，最终才是消弭期。而危机管理的最高境界就是在危机的潜伏期，及时发现苗头，及时处理，防患于未然。所谓"黄金48小时"原则，就是说一旦危机露出苗头，一定要尽快主动出面处理，48小时一过，危机一方必将陷于被动，甚至酿成大祸。

　　大家都知道，《红楼梦》讲述了贾府的衰败史，但贾府的衰败并不在顷刻之间，而是很多次危机和矛盾的不断累积，而且每一次危机的出现都是有预警的，但由于管理者缺乏意识或应对不当，才最终导致了危机的大爆发。《红楼梦》的情节是在不断地预言危机、应对危机和累积危机中展开的，只不过《红楼梦》书写的是一部失败的危机管理史。

旁观者清：冷子兴揭示贾府的泡沫经济

任何事情都是旁观者清，《红楼梦》中的冷子兴就揭示了贾府的泡沫经济。

《红楼梦》的故事可以说是在贾府暗流涌动的经济危机和政治危机上展开的。只是当《红楼梦》中人陶醉在诗酒繁华地、温柔富贵乡之中沉迷不醒时，局外人往往能通过一些蛛丝马迹看到衰败的迹象。正所谓"欲知目下兴衰兆，须问旁观冷眼人"。

《红楼梦》第二回中，作者借一个外人冷子兴的视角对贾府当时的现状做了一次扫描，这冷子兴是贾府一个高级奴才周瑞的女婿，是都城的古董商。

为什么要借古董商的视角呢？其实这正是作者用心良苦之处。

古董商做的是什么生意？他们做的都是富人生意，而且一定是几代世袭的官宦之家的生意。因为只有这些人家里才会有古董。这些富户豪门在鼎盛时期是不会拿家里的古董出来卖的，只有在家里用度捉襟见肘时才会变卖古董，而且会不断地拿出来卖。所以一般的外人看不出来，但古董商冷子兴一定是收了不少从贾府出来的古董，所以对贾府当时的处境了如指掌。书里有好几回就提到贾琏、王熙凤等合计着偷些贾母查不着的东西拿去当了，估计都是这冷子兴收走了。

冷子兴当时就指出了贾府的危机——

"如今的这宁荣两门，也都萧疏了，不比先时的光景"；

"主仆上下，安富尊荣者尽多，运筹谋画者无一；其日用排场费用，又不能将就省俭，如今外面架子虽未甚倒，内囊却也尽上来了。"

冷子兴揭示了宁荣二府尽管外表依然光鲜，但实际上已是危机四伏，险象环生的境况。下面我们通过《红楼梦》里的一些小故事来剖析贾府是如何从一个危机步入另一个更大的危机，甚至彻底衰败的。

贾府一次漂亮的危机处理

《红楼梦》的第四回向人们展示了薛家一次漂亮的危机处理。

薛蟠纨绔成性，在家乡折腾够了，又听说京城乃天下第一繁华之地，更好玩，就动了去京城旅游的念头。恰好遇到皇上征选妃子和才女，凡仕宦名家之女，皆亲名达部，以备选为公主郡主入学陪侍，充为才人赞善之职。

薛蟠便趁此机会，一为送妹待选，二为探亲，三为到部里报销旧账，支领银钱。正准备择日起身，但不想偏遇见了一女卖两家的人贩子。这薛蟠见被卖的英莲长得漂亮，立意买来做妾。却不想这人贩子原先将英莲卖给了当地一个小乡官的儿子叫做冯渊的做老婆，银子都收了，只等冯渊三日内择吉日迎娶。于是为抢英莲引发了一场血案。

薛蟠原是金陵一霸，岂有吃亏的道理？看见冯家来抢人，薛蟠就喝令手下豪奴将冯渊打死，夺了英莲，却犯下一桩命案。但是他却像没事人一样，只管带了母亲和妹妹长途旅行去了。人命官司一事，他竟视为儿戏，自以为花上几个臭钱，没有不了的。

这冯渊也是个苦命的人，自幼父母双亡，又没有兄弟姐妹，只一个人守着几亩薄田过日子。冯渊被薛蟠打死后，家里的奴仆告状告了近一年，竟无人做主。那时的地方官都知道薛家是皇商，朝里有的是人！谁敢跟薛家作对？

打死他别怕，咱上头有人。

这日，贾雨村补授了应天府，当上了市长。上任第一天，就碰到冯渊的奴仆递上的状子。这贾市长新官上任，正想寻一两件大案要案办个痛快，好树立威信。听了原告申诉勃然大怒："岂有这样放屁的事！打死人命就白白地走了，再拿不来的！"当时就要签发逮捕令,再发通缉令,要拘捕杀人犯薛蟠。

这时,他手下一个门子急忙给他使了个眼色。贾市长心里犯嘀咕,不知啥意思,但还是先停手,叫了门子到密室里问问怎么回事。

这一问不要紧,着实让贾市长出了一身冷汗。

这门子竟然是贾市长落魄时住的葫芦庙里的一个小和尚,因后来耐不得清凉景况还俗了,到这应天府里做了个小公务员。熟悉官场潜规则的门子给初来乍到的贾雨村讲了本地护官符的典故。四大家族,盘根错节,可惹不起。门子的话只是给贾雨村提了个醒,但起关键作用的是因为这薛蟠是贾政的外甥。而贾政正是推荐贾雨村这个被问责官员复出的推手和恩人,如果知恩不报,以后没法在江湖上混了。

恰在此时,有个"王老爷来拜",显然就是薛蟠的舅舅王子腾派来打招呼的人。贾市长此时庆幸迟疑了那一下,否则就一失足成千古恨了,得罪了贾、王、薛三大家族,今后不但不能升官发财,自身也难保啊,何况自己这个市长的职位还是靠贾、王二府之力得来的啊!

贾市长思想斗争了一夜,但最终,他还是按照葫芦僧的主意,徇情枉法,胡乱判了此案:薛家赔了些丧葬费用了事。雨村断了此案,急忙作书信二封,与贾政并京营节度使王子腾,不过说"令甥之事已完,不必过虑"等语。贾雨村顺势做了个顺水人情,把薛蟠的案底全销了。

贾雨村一上任就成了贾家的保护伞,贾府的这次危机处理实在是太漂亮了,可见贾政还是有危机意识的。应天府是贾家的老家,贾母老吵吵着要回南京老家去,如果老家的父母官是自己人,出个什么事都好照应。

薛蟠的第一次命案危机就这样安然度过,他根本没把这次杀人当回事。在他看来这或许根本就不是危机,花点钱就可以摆平。这一次经历让薛蟠更加得意忘形、恣意妄为,以至于后来又一次犯下命案,酿成了更大的危机,成了贾府被皇上抄家的导火索。

薛蟠的第二次命案危机

薛蟠的第二次命案发生在去南方做生意的路上。他在夜总会喝酒闹事,打死了夜总会的服务生张三,被当地的县官拿住了。

刚开始,薛蟠还满不在乎,他大概想:我打死个人算什么大事?上次打死了冯渊,我连个口供都没去录就摆平了,这次你一个

小小的县官能拿我怎么着？

就是我故意打死他的，怎么样？我家可是皇商……

明廉正公

但这一次他失算了。这里远离家乡，天高皇帝远，又碰上正在打黑，他撞在枪口上了。由于证据确凿，情节恶劣，初审就定了薛蟠一个死罪，准备向上层层提报了。

薛蟠急了，这次来真的了？

家里这边薛姨妈和薛宝钗也是急得抓瞎。薛蟠的老婆金桂又在家里撒泼胡闹，幸亏薛蟠的堂弟薛蝌还有些主见，当时就匆忙地带了一笔银子赶到县里，花高价请了一个资深律师，并与薛蟠串供，要他咬定是误杀。同时又买通证人吴良，又买通验尸官修改验尸报告，并贿赂县官，准备翻供，先要把这个死罪给撕掳开。

准备好后，薛蝌递了上诉的状子，但这位县官已打听清楚薛家家底殷实、油水很大，薛蝌贿赂他的那点银子他根本就没看上，心想这回逮了条大鱼，如果不大捞它一笔，岂不可惜。如果大捞不成，就把这个大案要案办成铁案，也好向上邀功。因此，第一次翻供的申诉被断然驳回了。县官批的是："尸场检验，证据确凿。且并未用刑，尔兄自认斗杀，招供在案。今尔远来，并非目睹，何得捏词妄控。理应治罪，姑念为兄情切，且恕。不准。"

县官饶命··

饶命

后来，薛姨妈又筹了几千两银子才把县官买通。第二次庭审虚张声势之后，他顺利地翻了案，最后定性为误伤，将薛蟠监禁候详，也就是先拘留起来，等待层层上报批准后再取保候审。家里这边继续上下打点，各层级的衙门里也不知花了多少银子，又央求贾政托人打招呼，薛姨妈甚至还准备把当铺转卖了筹钱赎人。案子报上市里，市里准了，再报上省里，不料想却被反驳下来，认为是错判。上面不仅把办案的县官训斥了一顿，还命令把犯人押到省里要亲自审理。

薛蟠一听赶紧写信给家里——

"男在县里也不受苦，母亲放心。但昨日县里书办说，府里已经准详，想是我们的情到了。岂知府里详上去，道里反驳下来。亏得县里主文相公好，即刻做了回文顶上去了。那道里却把知县申饬。现在道里要亲提，若一上去，又要吃苦。必是道里没有托到。母亲见字，快快托人求道爷去。还叫兄弟快来，不然就要解道。银子短不得！火速，火速！"

薛姨妈接到信，心里也凉了半截。又求王夫人转求贾政，贾政说："此事上头可托，底下难托，必须打点才好。"又请求凤姐、贾琏帮忙打点各部。但事情显然已经闹大了。

　　一天，贾政翻看内参，无意中看到刑部的奏折，说的就是薛蟠打死张三一案，贾政大吃一惊道："了不得，已经提本了！"

　　奏折中的最后结论是"张三之死实由薛蟠以酒碗砸伤深重致死，自应以薛蟠拟抵"。要求将薛蟠杀人抵命，依《斗杀律》判绞监候。吴良作伪证杖责流放，将承办该案不实的府州县革职查办。这其中已经牵连到贾府，因为贾政曾经托人说情，贾琏也曾上下打点，如将府州县官查办起来，贾府也脱不了干系。

　　虽然最后薛蟠还是遇到皇上下旨大赦天下，以钱赎罪捡了条命，但薛家的经济实力遭受了毁灭性的打击，从此一蹶不振。更严重的是，薛家和贾家在打黑当局挂了号，也点燃了贾府被皇上抄家的导火索。

秦可卿的危机预警

秦可卿是贾府里少有的有危机意识的人，她早已预感到贾府的经济形势不妙，而且也想出了相应的应对措施。只可惜她红颜薄命，死得太早，许多好主意都被带进了棺材里。

但她死前还是托梦给王熙凤——

"目今祖茔虽四时祭祀，只是无一定的钱粮；第二，家塾虽立，无一定供给。依我想来，如今盛时固不缺祭祀供给，但将来败落之时，此二项有何出处？莫若依我定见，趁今日富贵，将祖茔附近多置田庄房舍地亩，以备祭祀供给之费皆出自此，将家塾亦设于此……便是有了罪，凡物可入官，这祭祀产业连官也不入的。便败落下来，子孙回家读书务农，也有个退步，祭祀又可永继。若目今以为荣华不绝，不思后日，终非长策。眼见不日又有一件非常喜事，真是烈火烹油、鲜花着锦之盛。要知道，也不过是瞬间的繁华，一时的欢乐，万不可忘了那'盛筵必散'的俗语。此时若不早为后虑，临期只恐后悔无益了。"

这是第一次的危机预警，但无奈的是，王熙凤根本想不到那么长远，故把它当成了耳旁风，反而只对那一件"非常喜事"感兴趣，忙着追问："有何喜事？"可见贾府的管理层是多么执迷不悟。

不过秦可卿的托梦也不是一点作用没有，在《红楼梦》第九十二回《评女传巧姐慕贤良 玩母珠贾政参聚散》中，冯紫英拿了紫檀围屏、母珠、自鸣钟、鲛绡帐这四件宝贝要推销给贾府，贾政看了，不想买又碍于面子不好直接拒绝，就让拿到里面给老太太她们瞧瞧。这边凤姐儿看了后说道："东西自然是好的，但是那里有这些闲钱？咱们又不比外任督抚要办贡。我已经想了好些年了，像咱们这种人家，必得置些不动摇的根基才好，或是祭地，或是义庄，再置些坟屋。往后子孙遇见不得意的事，还是有点儿底子，不到一败涂地。"

贾母与众人都说："这话说得倒也是。"

但是贾琏却不以为然，他埋怨王熙凤说："还了他罢，原是老爷叫我送给老太太瞧，为的是宫里好进。谁说买来搁在家里？老太太还没开口，你便说了一大堆丧气话！"

秦可卿是贾府唯一懂得"宜未雨而绸缪，毋临渴而掘井"的道理的。这套经济谋略是很有洞见的，符合中国传统主流的理财观。司马迁早在《史记·货殖列传》中就指出："以末致财，用本守之。""本"为农业；"末"是指工商业和服务业。也就是说通过工商业、服务业赚到的钱投资买地买房才是当时最稳当的理财方法。

探春改革，杯水车薪

探春要改革是因为看到了贾府经济危机的苗头，她对贾府面临大厦将倾的危局早有预感，所以想趁着担任代理CEO这个机会，用改革来挽回这个封建大家庭的颓势。

初生牛犊不怕虎，探春确实有所作为。她开源节流，兴利除弊。例如将大观园的竹林、花草承包给仆人，以园养园，果断砍掉了几项不合理的开支，这样每年就可以节约几百两银子。但贾府此时积弊已深，她的"新政"和"改革"并不能解决贾府固有的矛盾,小范围的改革试验更是无法化解贾府深层次的危机,毕竟冰冻三尺非一日之寒。

《红楼梦》第七十四回中,王夫人又听信王善保家的谗言,同意抄检大观园。这在探春看来,"引出这等丑态"是非常严重的,这就是窝里反,是败家的前兆——

探春说:"大族人家,若从外头杀来,一时是杀不死的,这可是古人曾说的'百足之虫,死而不僵'。必须先从家里自杀自灭起来,才能一败涂地!"

这句话很有哲理。即便是现在,我们检视一些曾经红极一时的企业败落的原因,都是先从内部自乱阵脚,外部竞争对手再看准时机一击中的,最后败落的。于是探春挺身而出对抗这次丑陋的抄检行动:"我的东西倒许你们搜阅,要想搜我的丫头,这却不能。"明摆着,作为仆人的王善保老婆哪能搜小姐的箱子,反倒因为不知趣挨了探春一个响亮的耳光。

贾政有危机意识,但缺乏必要的应对策略

贾政有危机意识,但缺乏必要的应对策略。

贾政的为人,在开篇第三回中林如海给了很高的评价:"其为人谦恭厚道,大有祖父遗风,非膏粱轻薄仕宦。"

在贾政这一辈,他是唯一努力振兴贾家的,是贾府的顶梁柱。作为中央级的官员,贾政的政治嗅觉是比较敏感的。所以他千方百计要送女儿元妃进宫、逼贾宝玉考科举、为探春政治联姻等等,贾政的未雨绸缪有一定的效果。后来遇到皇上下令抄家,要不是

贾家平日里跟王爷们有些关系,恐怕永无翻身之日了。

贾政希望子孙后代能保住祖宗留下的产业,他认为,男人就应该"留意于孔孟之道,委身与经济之间",只有这样将来才能考取功名,继而传承祖业。所以尽管公务繁忙,他也不忘抽出时间督促检查宝玉的功课。但宝玉一向不爱读书,而喜欢在脂粉堆里厮混;后来因为忠顺王府派人来说宝玉拐跑了他们王府的戏子,又因为贾环告密说金钏的死是因为宝玉强奸她!这两件事点燃了贾政心头的怒火,怒不可遏。

他预感到了家族的危机,所谓"万恶淫为首",这混世魔王也太不成器了,这种儿子将来怎么能承接祖业。死了倒干净,一了百了,否则还不知会闯多大的祸呢!

贾环告状的话未说完,就把个贾政气得面如金纸,大喝"快拿宝玉来!"一面说一面便往里边书房里去,喝命"今日再有人劝我,我把这冠带家私一应交与他和宝玉过去!我免不得做个罪人,把这几根烦恼鬓毛剃去,寻个干净去处自了,也免得上辱先人下生逆子之罪。"

那贾政喘吁吁直挺挺坐在椅子上,满面泪痕,一迭声:"拿宝玉!拿大棍拿绳来!把门都关上!有人传信往里头去,立刻打死!"

按说这是一次很好的遏制歪风、警示阖府的教育机会。如果不是贾母出现,或许这次执行家法能收到一定效果。结果贾母不但出现,还责骂贾政,扬言要即刻带了被打得皮开肉绽的宝玉回金陵老家。贾政是个孝子,吓得"直挺挺跪着,苦苦叩求认罪"。

简单粗暴的危机处理手段显然失败了,不仅没有收到预期的效果,反而得罪了贾母,致使他以后更不敢管教儿子。宝玉也得以在贾母的保护伞下心安理得地继续自娱自乐。

贾政平时对自己家里的情况很少过问,而由着贾琏、王熙凤胡作非为。直到被抄家后才想到要查点府里的账本,结果发现所入不敷所出,又加连年宫里花用,账上有在外浮借的也不少。再查东省地租,近年所交不及祖上一半,如今用度比祖上更加超过十倍。贾政不看则已,看了急得直跺脚:——

"这了不得!我打谅琏儿管事,在家自有把持,岂知好几年头里,已就寅年用了卯年的,还是这样装好看!竟把世职俸禄当作不打紧的事,有什么不败的呢?我如今要就省俭起来,已是迟了。"

贾政素来不理家政,危机来临时,也没有主意,唯有仰天长叹——

"我祖父勤劳王事,立下功勋,得了两个世职,如今两房犯事都革去了。我瞧这些子侄没一个长进的。老天哪,老天哪!我贾家何至一败如此!"

贾母是危机处理的高手

贾母是贾府的董事长,也是个绝对的精神领袖。她出身于名门望族,原是个大家闺秀。嫁到贾府又正当荣宁二公功名鼎盛之时,因此她从少女时代起就见多识广,精通人情世故,但一则年纪大了操不了那么多心,二则正如她自己所说的"我是极爱寻快乐的"。她老人家平时不过享享福,请请客,布施一下僧尼道士,搞搞慈善活动而已。但在危难关头,贾母还是展示了这个精神领袖的大家风范。

在第一百零六回中,贾府因贾赦、贾珍被治罪,家财被抄,祖宗世职也被革去。在贾府上下人心惶惶的情况下,唯有贾母临危不乱。她和大家同甘共苦,积极地寻求解决问题的办法,很快在内部平息了这个乱纷纷的局面。

承认错误并诚恳道歉

贾母是怎么做的呢?第一,她承认错误并诚恳道歉。贾母并没有埋怨贾赦、贾珍等人,因为她知道,这个时候埋怨谁都无济于事,她而焚香含泪祷告天地——

"皇天菩萨在上:我贾门史氏,虔诚祷告,求菩萨慈悲。我贾门数世以来,不敢行凶霸道。我帮夫助子,虽不能为善,亦不敢作恶。必是后辈儿孙骄奢淫佚,暴殄天物,以致合府抄检。现在儿孙监禁,自然凶多吉少,皆由我一人罪孽,不教儿孙,所以至此。我今即求皇天保佑：在监逢凶化吉，有病的早早安身。纵有合家罪孽，情愿一人承当，只求饶恕儿孙。若皇天见怜，念我虔诚，早早赐我一死，宽免儿孙之罪。"

这相当于公开承认错误并诚恳道歉。承认错误、真诚道歉就是危机应对中一个重要且有效的手段。

紧急注资以渡难关

贾母的第二个方法是紧急注资以渡难关。她开箱倒笼，将自己做媳妇到如今积攒的东西全都拿出来，又叫贾赦、贾政、贾珍等一一分派。这一分派，足足分出去了一万多两银子，她还不忘叫贾政拿些金子变卖偿还以前的欠债。贾母的纾难资金就像央行紧急注资，大大地缓解了贾府的财政危机。

更难能可贵的是，贾母还想到江南甄家被抄家前偷偷寄放在贾府的东西和银两。贾母怕再一次被抄，拖累甄家蒙受更大的损失，因此吩咐叫人赶紧把钱物送还甄家。看到贾政他们诚惶诚恐，贾母道出了她的真实想法——

"你们别打谅我是享得富贵受不得贫穷的人哪。不过这几年看着你们轰轰烈烈，我落得都不管，说说笑笑养身子罢了，那知道家运一败直到这样！若说外头好看里头空虚，是我早知道的了。只是'居移气，养移体'，一时下不了台。如今借此正好收敛，守住这个门头儿，不然叫人笑话。你还不知，只打谅我知道穷了便着急的要死，我心里是想着祖宗莫大的功勋，无一日不指望你们比祖宗还强，能够守住也就罢了。谁知他们爷儿两个做些什么勾当！"

裁员

贾母的第三个措施是裁员。危机来临，开源不如节流，贾母果断裁员——

"只是现在家人过多，只有二老爷是当差的，留几个人就够了……我们里头的，也要叫人分派，该配人的配人，赏去的赏去……那些田亩还交琏儿清理，该卖的卖，留的留，断不要支架子做空头。"

贾政曾有这样一段心理独白——

"老太太实在真真是理家的人，都是我们这些不长进的闹坏了。"

贾母裁员

贾母这几招立刻让人仰马翻、乱成一团的贾府内部安静了下来。

　　贾家属于开国的八大公之一，家底甚厚，又曾干过监造海船、修理海塘的肥差，家里房产地产数不胜数。不过表面的繁华背后是财政危机的阴影。贾府到了贾政这一代，虽世袭为官却不曾有肥差，收入除了做官微不足道的俸禄外只有祖上遗留的田产、房产；农田地租、放高利贷成为贾府经济的主要来源。贾府这个小社会遇到了各种各样的危机：首要原因是一帮不肖的子孙只知吃喝玩乐，不干正经事；其次是来自皇室的敲诈勒索、王公贵族的落井下石、内部派系的倾轧争斗。经济鼎盛时，贾府人都只知道享受，没人去考虑可持续发展的问题，贾府的"CEO"王熙凤只知欺上瞒下、假公济私，贾府最终趋于没落，陷入严重的经济危机。如此这般，主人腐败，经营无方；收入减少，不开财源；支出庞大，不知节流；化公为私，无人监督。这样下去贾府的繁荣能维持几天，贾家又焉能不败？随着元妃去世，贾府被抄家，这个已经处于经济危机之中的大家族彻底崩塌，贾府人死的死，逃的逃，出家的出家。

　　在危机管理方面，《红楼梦》给了我们重要的警示，防微杜渐，是每一个企业管理者要树立的危机意识。什么叫有危机意识？比尔·盖茨说"微软离破产永远只有18个月"，以此口号激发微软全体员工的危机感，所以才有了今天不可战胜的微软帝国。这就是一种很强的危机意识，古训说"生于忧患，死于安乐"就是这个意思。

第十五章
管理大败局

　　《红楼梦》为我们描述了一个"天上人间诸景备"的大观园，其中的主人翁们尽情享乐，过着穷奢极侈的生活——但乐极生悲，四大家族的繁花似锦逃脱不了衰亡的命运。最终千红一(窟)哭，万艳同杯(悲)。贾府这么一个大家族，人多事杂，有效的管理就显得极为重要。但庞大的贾氏集团企业里，派系林立、山头割据，有两派的领导，就有两派的员工，上层争、中层拼、下层打，窝里斗得眼花缭乱。

　　曹雪芹为我们描述的《红楼梦》中的社会是一个人情社会、关系社会，始终靠的是人治，而不是法治。国有国法，家有家规，但我们看到的却是贪赃枉法，权大于法。

　　让我们走进《红楼梦》，去看看这个大家族一步一步由盛而衰的经过，分析他们的管理是如何积小败成大败的。从管理学的角度来看，贾府是因为管理上的失败最终导致政治和经济上的双输。贾府的制度管理存在着天然的重大缺陷。管理就要管人、管财、管物、管信息，然而贾府在此五项管理上却是步步皆输。

组织管理失败，导致内耗严重

在贾府走向衰亡的过程中，如果家族内部能够同心协力、团结一心，未必不能渡过危机，但贾府的生活常态却是内斗。而贾府就在这样的内耗中无可挽回地走向了衰败。

规模庞大的贾氏集团一直都没有建立起有效的层级管理体系，它是典型的M型管理，中间层塌陷，没有形成严密完善的金字塔组织结构。诸如王夫人、邢夫人和赵姨娘之间，基本就是平行管理，各有千秋，导致各派势力之间不断地争权夺利，就像第七十五回中贾探春的话——

"咱们倒是一家子亲骨肉呢，一个个不像乌眼鸡似的？恨不得你吃了我，我吃了你！"

贾府的下人之间也是明枪暗箭互射，谁的主子厉害，谁的下人也牛气冲天。本来一个家族的大权应当由长子来掌。但是贾母不喜欢贾赦，再加上贾赦、邢夫人的势力没有贾政、王夫人的势力大，荣国府的大权就由贾政一手来支撑。

《红楼梦》第七十五回，在贾府中秋晚会上，贾赦当着贾母的面讲了一个笑话，说母亲病了，孝顺儿子找大夫来治，大夫说老人是心火，要往心头上扎针。儿子说心脏这么脆弱怎么能扎针呢，大夫说没事的，我扎肋条就好，因为天下作父母的偏心的多着呢。贾赦已经很明显地表达出自己的抱怨了，也惹得贾母很不高兴。

贾赦说贾母"偏心"，邢夫人就绞尽脑汁要搞政变夺权。王熙凤是贾赦、邢夫人的儿媳妇，却在王夫人这边生活。由王夫人、王熙凤掌握着贾府的财政实权。《红楼梦》第五十五回谈到选拔人才，王熙凤说贾迎春"亦且不是这屋里的人"而是那边贾赦的女儿，所以"不中用"；贾探春"是咱家的正人"，贾政的女儿，所以应该由贾探春来执掌贾家。

赵姨娘和王夫人之间针尖对麦芒，导致贾宝玉同贾环之间也仇深似海。一次贾环有意将蜡烛油向宝玉脸上泼去，差点让美男子贾宝玉破相。王夫人就大骂赵姨娘："养出这样黑心种子来，也不教训教训！几番几次我都不理论，你们得了意，越发上来了！"

凤姐同丈夫贾琏也是同床异梦。一次贾琏骂王熙凤道："他防我像防贼似的。"在经济方面，他们之间也经常隔三差五地吵架。

在贾府，以母系为核心分为两大党派：以王夫人为首的包括王熙凤、贾探春是有势力的一派；以邢夫人为首的包括赵姨娘是处处受排挤的一派。

妇唱夫随，父系党派也加入到母系党派之间的斗争之中。为了把人人夸赞的贾宝玉弄下台，贾赦开始使拳伸腿了。家族中秋聚会，击鼓传花做诗，花传到贾环手上，贾环也赋诗一首。贾赦就当着贾母、贾政及一家老小的面借题发挥，故意夸讲贾环的诗做得好，一连说了"这诗据我看甚是有气骨"，可以做得官，"竟不失咱们侯门的气概"等过奖的话。他还取了自己的许多玩物来赏赐给贾环。最后说道："以后就这样做去，这世袭的前程就跑不了你袭了"。贾政一听不乐意了，马上就和贾赦面红耳赤地辩论起来："贾环不过是胡诌如此，那里就论到后事了？"贾母眼看两个儿子围绕着继承人问题展开了一场搏斗，只好来个和稀泥。两派都是有权有势的，管这边也不是，理那边也不成。心散了，队伍自然没法带了。

在贾氏集团，贾母是董事长，王夫人是总经理。

贾母口才好,喜欢讲也喜欢听别人讲段子,很能活跃气氛。她特看不起王夫人笨嘴笨舌的。王夫人平时沉默寡言,但在权力的争夺上,也是煞费苦心,抄检大观园就是她导演的重头戏。

在宝玉的婚姻问题上,贾母和王夫人也展开了持久的争夺战。贾母认为不管女方根基是否富贵,只要模样配得上的,就能做宝玉的媳妇,并不讲究门当户对。在宝玉妻子的人选上,贾母倾向于自己的外孙女黛玉,王夫人倾向于自己的外甥女宝钗。而在宝玉侍妾的人选上,贾母属意晴雯,王夫人属意袭人。

最后,"木石姻缘"输给了"金玉良缘",王夫人选择的宝钗踏上红地毯,成了宝玉的妻子;贾母的黛玉焚稿断痴情泪尽而亡;袭人升任首席助理;晴雯却命运不济,鲜花早谢。

久经考验的贾母最终没有战胜初露锋芒的王夫人。王夫人其实是城府很深的人,以前的谦恭都是为了后来的夺权,她还是一心想着登上贾府最高权力的宝座。

婆媳关系历来微妙而复杂,因为彼此都想争夺对一个男人的"控制权"。王夫人虽然已当上了婆婆,但仍是贾母的媳妇。既是婆婆又是媳妇的王夫人,如何处理好与贾母和媳妇李纨的关系,是需要动点脑筋的。

决战的最后时刻来了,王夫人一声令下,抄检大观园就大张旗鼓地展开了。在此之前,王夫人一定掂量过利害得失。她认为抄检大观园是实现夺权的绝好机会。

而抄检大观园这么大的事,王夫人事前既不请示贾母,事后也不向贾母汇报。她就是要借这件事扳倒贾母。当时大观园里住着李纨、黛玉、宝钗、迎春、探春、惜春、宝玉。李纨是寡妇,和外界没有来往,不会有违禁之物。宝玉那里有个袭人,她可是贾府的美女间谍,宝玉那里的动静王夫人了解得一清二楚。有袭人在那里看着宝玉，尽可放宽心。剩下的人和王夫人都没有关系的，其中黛玉、迎春、探春都是王夫人要打击的人。尤其是迎春，她是贾赦的女儿，更加不能轻易放过。

为了争权忙得不可开交，谁还有心思去管理企业？权力管理的失败，导致明枪暗箭互射，两败俱伤，谁也不是赢家！

财务管理失控，坐吃山空

聚财难，守财更难，财务管理就显得更为重要了。然而贾府的财务管理却一塌糊涂，生财无路、聚财无方、用财无度，最终坐吃山空。贾府特别好面子、讲排场、摆架子。这在秦可卿的丧事与元妃的省亲中也体现得淋漓尽致。

宁国府为秦可聊办丧事，贾珍给王熙凤开出了上不封顶的现金支票——

"妹妹爱怎样就怎样，要什么只管拿这个取去，也不必问我。只求别存心替我省钱，只要好看为上；二则也要同那府里待人一样才好，不要存心怕人抱怨。只这两件外，我再没不放心的了。"

而荣国府的排场更大，为迎接元妃省亲，贾府更是大兴土木，请来能工巧匠，建成了"天上人间诸景备"的大观园，这也加速了贾府衰败。实际上贾府上下也明白"再一回省亲，只怕就精穷了"。

秦可卿发丧、元妃省亲，这一丧一喜，一白一红，如同两双大手，掏空了贾府的财力物力。事前无预算，事中无控制，事后无考核，这样的财务管理，自然为贪污打开了方便之门。

董事长贾母只知道享乐。而作为副董事长的贾政经常出差，那时没有手机随时联系了解公司情况，也无网络保持及时沟通，于是放手变成了大撒把，导致中层管理者为所欲为无人监察。

在大观园和宁荣二府中想发财，一是贪污，二是偷窃。见怪不怪，贾府的当权者对贪污行为就是睁一只眼闭一只眼。在给凤姐凑份子过生日的时候，贾母就知道，那些管家的奴字号奶奶们"全是财主"，他们的财产来源当然是攀在贾府身上吸血得来的。

再比如贾芸种树。大观园中补种树木这一项的开销是200两银子。贾芸花在买树上面的成本是50两。他贿赂凤姐的代价是价值15两的香料。往宽里算，他用在种树上的总代价是100两银子。那他还有100两的油水可抄，用那个时代的消费标准来看，一两年里已经可以保证他吃香的喝辣的了。平心而论，贾芸贪得不怎么多。但在这种制度安排下的其他人呢？还记得探春改革中提到买办怎么黑小姐们的脂粉钱吗？

还有一个大贪官凤姐。此人一生爱好两个字：权、钱。铁槛寺弄权，为了几千两银子要了两条人命。凭着贾府的势力，她是一手遮天，能捞就捞，雁过拔毛。每月的工资，除主要领导外，她都扣下来，拿出去放高利贷，拖欠工资是常事。

财务管理的失败，让贪婪者有机可乘，企业不破产才怪呢。

思想管理失招，享乐主义大流行

贾府的领袖贾母是个典型的享乐主义者，即便儿孙不成器，只要他们不来搅扰她的享乐，她也不管不问。

贾母的八十寿辰，正日子是八月初三，从七月二十八就开始

在荣、宁两府大摆筵宴，直到八月初五，整整八天，热闹豪华，显示了这位太夫人的尊荣，让现代大款们也叹为观止。

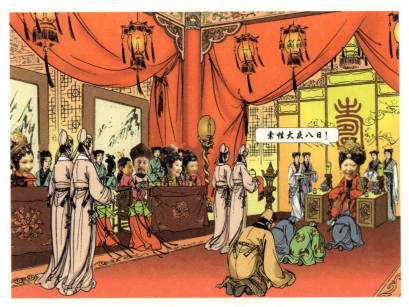

索性大庆八日！

单说她吃饭吧，书中第四十回这样描述——

贾母素日吃饭，皆有小丫鬟在旁边，拿着漱盂麈尾巾帕之物。

看看这个排场，几个人吃饭，倒要几十个人伺候着！吃过饭，还有小丫鬟捧过茶水、漱盂来，先用茶水漱口，盥手毕，然后捧上茶来。贾母饮食排场之大，还是柳嫂子说的一针见血——

"大厨房里预备老太太的饭，把天下所有的菜蔬用水牌写了，天天转着吃，吃到一个月现算倒好。"

真讲究极了，看这意思吃了一个月也不见得有重样的，难怪薛姨妈都说"你们府上也都想绝了"。

虽然说贾家不是被吃败的，但风气已经被吃坏了。嘴管不住，手也管不住。小丫头坠儿偷大丫鬟平儿的手镯，彩云偷王夫人的玫瑰露。就连大观园的厨房随便一查就发现"粳米短了两石,常用米又多支了一个月的,炭也欠着额数"。

美国政治学家威尔逊和犯罪学家凯琳曾提出过一个"破窗理论":一个房子如果窗户破了,没有人去修补,隔不久,其他的窗户也会莫名其妙地被人打破;一面墙,如果出现一些涂鸦没有被清洗掉,很快的,墙上就布满了乱七八糟、不堪入目的东西;一个很干净的地方,人们不好意思丢垃圾,但是一旦地上有垃圾出现之后,人就会毫不犹豫地抛,丝毫不觉羞愧。

贾府就是从"破窗"到"破门",最后到"破房",遮不住天上雨,挡不住外边风,最后大厦轰然倒塌。

愿景管理失望,企业价值观迷失

贾府中从来没有一个领导人考虑到组织的愿景,古人说:"以利相交者,利尽人散;以势相交者,势去则离;以权相交者,权失便弃;唯以心相交,方成其久远。"如果一个组织没有愿景,其成员没有一个共同的目标,注定是走不长远的。

贾府上上下下,都是今朝有酒今朝醉,哪管明天喝凉水。连江湖浪子柳湘莲都知道:"你们东府里除了那两个石头狮子干净,只怕连猫儿狗儿也不干净。"贾琏包二奶,致使王熙凤大开杀戒,逼死尤二姐,彻底败坏了贾家诗礼簪缨之族的声誉。锦衣军查抄贾府所据御史参本就有一条贾珍强占良民妻女为姜,不从逼死之罪,更牵出王熙凤残害尤二姐之案。贾家恶名四播,让政敌有机可乘。

作为贾府的精神领袖,贾母的价值观影响着贾府的风气变化。当凤姐将贾琏现场捉奸后,搞得事态扩大到不可收拾时,贾母调侃道:"什么要紧的事!小孩子们年轻,馋嘴猫儿似的,那里保得住不这么着。从小儿是人都打这么过的。都是我的不是,你多吃了两口酒,又吃起醋来。"这一番话说得众人都笑了,虽将危机消弭于无形,但贾母的纵容,更加助长了子孙的骄奢淫逸。

信息管理失灵,盲人骑瞎马

信息是宝贵的资源,掌握了及时准确的信息就可以未雨绸缪,趋利避祸,先发制人;否则将受制于人,被动挨打。

随着贾府的外部环境的不断恶化,其对外部信息的获取也越来越困难了。贾政被人向朝廷打了小报告还不知道。他从江西粮道被参回朝廷谢罪,谢完罪出来后,他流着汗、吐着舌对旁边的人说自己很害怕,真是狼狈不堪。虽然他最后没有被定罪,但皇上已经不信任贾氏集团了。

锦衣府的赵堂官带人去查抄贾府时,贾政正在家里设宴请客,还你来我往地划拳喝酒呢。后来薛蟠被判死缓,贾府竟然也毫不知情。一天,贾政坐在公馆里没什么事情,见桌子上有一堆刊登朝廷和官府的内部消息的邸报,就拿起来翻看。他看到刑部的一个文件上面写着"金陵籍商人薛蟠……",不由得大吃一惊——了不得,已经上报了!他仔细往下看:"薛蟠殴打致张三死亡,串供捏造误杀一案……"这很明显,是发现薛蟠他们行贿了。贾政急得一拍桌子:"完了!"

　　由此可见在当时的朝廷里,贾府连个通风报信的都没了。官场失意,商场也失意。贾府获罪被抄家后,户部又通知薛家说,你家的皇商名号被销了,以后自己下海去打市场寻单子吧。另外,今年支领的内帑钱粮要全部缴回。贾府已经是盲人骑瞎马,夜半临深池了。

　　一部伟大的《红楼梦》,蕴藏着无限的智慧,可以常读常新。按照曹雪芹的原意,《红楼梦》是一部大败局,贾府的最后结局是——

　　"为官的,家业凋零;富贵的,金银散尽;有恩的,死里逃生;无情的,分明报应。欠命的,命已还;欠泪的,泪已尽。冤冤相报实非轻,分离聚合皆前定。欲知命短问前生,老来富贵也真侥幸。看破的,遁入空门;痴迷的,枉送了性命。好一似食尽鸟投林,落了片白茫茫大地真干净!"

图书在版编目(CIP)数据

商解红楼梦/李光斗著.—杭州：浙江大学出版社，
2011.1

ISBN 978-7-308-08234-1

Ⅰ.① 商… Ⅱ.① 李… Ⅲ.①《红楼梦》研究
Ⅳ.① I207.411

中国版本图书馆 CIP 数据核字（2010）第 243014 号

商解红楼梦

李光斗　著

策 划 者	蓝狮子财经出版中心
责任编辑	胡志远
文字编辑	李彩霞
封面设计	刘　军
出版发行	浙江大学出版社
	（杭州市天目山路 148 号　邮政编码 310007）
	（网址：http://www.zjupress.com）
排　　版	杭州大漠照排印刷有限公司
印　　刷	浙江印刷集团有限公司
开　　本	880mm×1230mm　1/32
印　　张	7.75
字　　数	180 千
版 印 次	2011 年 1 月第 1 版　2011 年 1 月第 1 次印刷
书　　号	ISBN 978-7-308-08234-1
定　　价	36.00 元

浙江大学出版社发行部邮购电话（0571）88925591